1

.

Pierre Léoutre

Mysterium Eliumberrum

Roman à clef des champs

A mes amis.
A la Gascogne, qui m'a tant offert.

Coincée entre les Landes et l'agglomération toulousaine, la Gascogne Gersoise est le cadre d'un décor unique planté au cœur du Sud-Ouest. Un décor, où il fait bon vivre pour ses habitants et ceux qui ont choisi d'y séjourner voire même d'y finir paisiblement leur existence. Un décor, où le temps a façonné un remarquable patrimoine dispatché soit aux détours d'une ruelle soit aux confins d'une clairière. Un décor, où l'histoire a durablement marqué les hommes pour forger ce que l'on a baptisé de « *bon sens gascon* ». En somme, un décor tout trouvé pour le récit et l'intrigue.

Au fil des quatre saisons, plusieurs manières existent pour découvrir les facettes et les charmes du Gers.

Parmi elles, l'oenotourisme est une nouvelle ressource à exploiter pour développer l'attrait touristique. Le Gers possède tous les atouts nécessaires à travers par exemple son environnement préservé, son réseau d'itinérances douces et ses manifestations culturelles qui charment de nombreux visiteurs venus du monde entier.

A travers la diversité de nos vins, de nos eaux de vie et d'autres liqueurs confectionnés dans les chais de vignerons, l'oenotourisme gersois a les moyens de répondre aux nouvelles tendances curieuses d'authenticité et de qualité.

Grâce à de nouveaux projets, dont le Pôle d'Excellence Rurale (PER) « *Vignes et patrimoine en Gascogne* » ou bien le Grand Site « *Flaran, Baïse, Armagnac* », l'agriculture et le tourisme deviennent naturellement des alliés pour promouvoir une qualité de vie reconnue. Tous les acteurs concernés, du milieu agricole aux élus locaux, ont réuni leurs forces pour réussir ce pari.

Le repas gastronomique des Français est, depuis peu, inscrit au Patrimoine immatériel de l'Humanité par l'UNESCO. C'est la première fois qu'une gastronomie est récompensée de la sorte. Dans ce large éventail, les saveurs gasconnes méritent plus que quelques distinctions honorifiques.

Totalement préservé des affres du monde moderne, l'Armagnac figure comme le berceau d'une « *Gascogne attitude* » où domine encore une certaine idée de ce que doit être le lien social et une ruralité vivante pour ne pas dire résistante. J'aime à retrouver régulièrement l'ambiance de cette partie du Gers marquée par les traditions. Le rythme des fêtes patronales, des concours de courses landaises, ou le parcours automnal de la flamme de l'armagnac, rappelle l'importance de la convivialité dans une société qui en a de plus en plus besoin pour se construire pour l'homme et non contre lui.

Ce n'est certainement pas un hasard si l'Armagnac est le berceau d'une gastronomie de qualité et de produits d'excellence à base de vigne et de vins. Cette gastronomie, ces vins sont « *la traduction de l'âme complexe et généreuse des paysages gascons* » qui s'offrent au visiteur. Bienvenue en Gascogne.

Gisèle Biémouret
Députée du Gers
Vice-présidente du Conseil Général
Elue du canton de Condom

Où Pierre Léoutre veut-il nous entraîner à la suite de son capitaine André Ormus de la DST, dans son roman policier « Mysterium Eliumberrum » ? Mystère.

Le titre du premier chapitre « Le début d'une enquête complexe » entend établir le mystère !

Tout commence par un meurtre, celui d'un religieux, au Vatican, alors qu'une délégation gersoise a fait le voyage pour récupérer copie d'un texte fondant la naissance de l'Armagnac à travers un écrit d'un prêtre d'Eauze et de Saint Mont réunis, Vital Dufour, qui avait l'oreille papale et qui, 700 ans auparavant, a donné les innombrables vertus de ce breuvage gascon.

L'histoire est réelle, excepté le meurtre, et l'on notera d'ailleurs que Pierre Léoutre, tout au long de son roman, s'ingénie à mêler le vrai et l'imaginaire, dans un entrecroisement qui va de l'ésotérisme le plus reculé aux dernières créations de la technologie et plus pour ceux qui y trouvent une affinité !...

Mystère encore avec le nom de cette loge maçonnique auscitaine, « Le Mystère » dont les feux furent allumés le 29 mai 1779 avant d'être éteint en 1787. Huit ans d'existence seulement et pourtant il est question d'immortalité, une immortalité que l'on semble toucher du doigt dès le début de l'aventure (il faut peut-être d'ailleurs dire aventure, plutôt qu'enquête...) quand, dans un magasin auscitain de sous-vêtements, deux hommes - deux immortels ? Deux ectoplasmes ? - devisent !...

Pierre Léoutre nous mène à travers l'espace et le temps dans une aventure ésotérique évidemment absconse et nous plongerons dans l'alchimie, par le savant égyptien Zosime de Panopolis, par la magie noire, par la prophétie des septante qui nous fait glisser vers la fin des temps avant que 7 chercheurs venus du Vatican à Lectoure ne disparaissent mystérieusement dans la cathédrale de cette ville et avant que la voiture d'Ormus n'explose.

Avec le Vatican, sommes-nous en marge d'une association antimaçonnique qui règle ses comptes, l'action du Grand Orient de France étant alors mis en avant, précédé de cet écrit mystérieux datant de 1638 :

> « Attendu que nos augures sont clairs,
> Car de la Rose-Croix nous sommes frères ;
> Dotés du Mot de Maçons et de double vue,
> Ce qui est à venir est par nous bien connu. »

Un quatrain qui garde tout son mystère !...

Et Pierre Léoutre de ne pas nous laisser à nos interrogations, en nous entraînant à Jérusalem pour y rencontrer une voyante qui lui remet copie des 12 livres des oracles sibyllins, où la prêtresse d'Apollon, la Sibylle tiburtine, nous parlerait d'un évènement imminent et grave concernant le sud de la France.

Nous ne quittons pas le mystère, d'autant que revenu à Auch, l'enquêteur Ormus, avec une machine à remonter le temps, un soir de pleine lune, bien évidemment, se retrouve en territoire ausci, voisin des Lactorates et des Elusates à l'âge de pierre, quand Auch, niché sur son oppidum s'appelait Eliumberrum avant de descendre sur les rives du Gers à l'époque gallo-romaine sous le nom d'Augusta Auscorum.

Finalement ces voyages et rencontres ne seraient-ils pas inutiles quand Ormus rencontre la femme en robe rouge qui a tué le prêtre au Vatican et qu'ils voyagent jusqu'à Venise pour étudier un tableau de Mario Cavaglieri, dont Ormus a déjà visité la demeure à Pavie, lorsque le peintre s'était réfugié en Gascogne ? Ce tableau doit tout expliquer ; mais quoi ? L'immortalité, le règne sur le temps qui baignent le roman qui nous a entraîné dans un café philo de la ville d'Auch où la question était posée de savoir si Nietzsche était le Jésus-Christ de la pensée athée, qui nous a conduit à Toulouse où un drone a été dérobé, un drone qui permettrait de construire 700 nano-machines en forme d'araignées moléculaires.

On ne sait toujours pas finalement où nous aura conduit l'enquête !

Esotérisme, franc-maçonnerie, alchimie, immortalité, délires abscons, que reste-t-il de tout cela ?

Pierre Léoutre, jusqu'au bout, aura caché son jeu.

Enquête, aventure, et si tout cela, après nous avoir fait entendre un concert de Keith Jarrett à Marciac, après nous avoir fait visiter la Société archéologique du Gers, la bibliothèque de Lectoure, le théâtre à l'italienne de la Préfecture, nous faisait prière (d'Ormus à Oremus) d'abandonner les grandes interrogations humaines pour nous abandonner dans une immortalité seconde, loin de l'ADN synthétique mais proche d'un bon verre d'Armagnac, dans une forme de ré-enchantement calme et maîtrisé dans un bonheur et une chaleur gasconnes ?...

Quel beau message de fin si c'est celui que voulait nous adresser Pierre Léoutre.

Gérard Tournadre

I

« Heureux qui, comme Ulysse, avait fait un long voyage ». Le Capitaine André Ormus songea à ce célébrissime poème de Joachim du Bellay en descendant du train qui l'avait amené de Toulouse jusqu'à la gare d'Auch, capitale de la Gascogne. Car cette ville était celle de son enfance ; et il lui arrivait souvent de penser aux pousterles qu'il dévalait, enfant, avec ses copains, pour se rendre à son école primaire. Il se souvenait fort bien de son instituteur, qui par sa rigueur, lui avait donné le goût de la langue française. Pourtant, s'il retrouvait avec un immense plaisir sa bonne ville d'Auch, ce n'était pas pour autant la fin du voyage. Car le Policier était là pour une enquête, qui allait se révéler particulièrement difficile.

Un soleil généreux inondait le ciel auscitain. Il retrouva comme prévu devant l'entrée de la gare l'un de ses amis gersois, qui avait accepté de l'héberger pendant son séjour professionnel en Gascogne. Jean l'accueillit avec un grand sourire et une franche poignée de main ; ils posèrent le sac de voyage dans le coffre de la voiture et démarrèrent aussitôt pour rejoindre la haute ville, où logeait l'hôte d'André Ormus. Tout en roulant, ils échangèrent quelques banalités mais Jean évita de poser des questions sur les raisons de la présence d'André à Auch, car il savait que le Policier de la DST ne parlait jamais de son travail.

Ce dernier eut plaisir à contempler le paysage majestueux qui s'offrait à ses yeux alors qu'ils remontaient la route de

Toulouse pour rejoindre le centre de la ville d'Auch ; la blanche cathédrale se détachait soigneusement dans le ciel bleu et pur, entourée du cœur historique de la cité gasconne. Alors qu'ils passaient le pont qui surplombait la rivière du Gers, Jean céda à une légitime curiosité et demanda à son ami policier :

- Alors, tu ne peux vraiment pas me dire, une fois encore, sur quoi tu travailles ? Et pourquoi ce séjour mystérieux dans ta ville de naissance ? Tu as un domicile dans le Gers à trente kilomètres d'ici !

- D'habitude, c'est moi qui pose les questions, répondit André en riant.

- Ca va, j'ai compris, tu ne me diras rien, comme d'habitude ! Bon, en tout cas, tu as de la chance, ce soir, ma Loge se réunit et tu es fraternellement invité à participer à nos travaux ! Y compris aux agapes qui, tu le sais en Gascogne, sont particulièrement sympathiques.

En effet, outre leur vieille amitié qui remontait à l'enfance, André et Jean avaient découvert bien plus tardivement qu'ils avaient tous deux choisi l'engagement dans la franc-maçonnerie, une institution assez peu connue du grand public mais dont les fortes valeurs républicaines leur plaisaient beaucoup. Jean appartenait à une Loge auscitaine du Grand Orient de France ; quant à André, il était membre d'une très ancienne Loge toulousaine de la même Obédience, mais il était déjà souvent venu dans l'atelier maçonnique d'Auch et s'y sentait comme chez lui.

- Avec plaisir, mon ami, répondit André.

Jean gara sa voiture devant sa petite maison du centre-ville puis accompagna André jusqu'à la chambre d'invités.

- Je te laisse t'installer et te détendre ! Je t'attends dans le jardin, viens m'y rejoindre quand tu veux pour l'apéritif. Nous avons tout le temps avant notre réunion de ce soir.

- Je te remercie pour ton hospitalité, Jean ! À tout à l'heure.

André sortit ses affaires de son sac et les rangea dans l'armoire de la chambre confortable que lui avait réservée son ami auscitain. Par un sentimentalisme dont il n'était guère coutumier, il avait emporté avec lui une petite médaille qu'il possédait depuis son enfance et sur laquelle était gravée la citation de du Bellay à laquelle il avait pensé en arrivant à Auch. Une médaille à peu près ronde, un peu cabossée mais qui avait survécu à toutes ces années. Puis il compulsa le dossier de travail qu'il avait apporté et qui rassemblait les quelques éléments ayant déclenché l'enquête, raison de son déplacement professionnel au cœur de la Gascogne. Tout avait commencé au Vatican. Des producteurs d'Armagnac gersois s'étaient déplacés en Italie, au siège de l'Etat pontifical, afin de récupérer une copie du texte fondateur de l'Armagnac, la fameuse eau-de-vie gasconne qui fêtait cette année-là son 700e anniversaire. Dans ce document, qui aurait été écrit vers 1310 par Vital Dufour, prieur d'Eauze (une ville gersoise qui fut capitale de l'ancienne Gascogne avant d'être rasée par les Vikings et remplacée par Auch), sont décrites les quarante vertus de « l'aygue ardente », l'eau ardente, nom originel de l'Armagnac : « Elle arrête les larmes de couler, rappelle à la mémoire le passé, aiguise l'esprit et donne l'audace »...

Et l'Armagnac était toujours vivant ; sa flamme, par exemple, venait de passer par le domaine de Maubet à Noulens, où les producteurs avaient reçu un groupe de randonneurs d'Eauze : après avoir marché pendant trois heures, les promeneurs s'étaient rassemblés devant un alambic pour déguster une poule au pot et un brûlot ; soit un concept plutôt amusant de « rando distillation », dans le cadre plus large de la traditionnelle « Flamme de l'Armagnac » qui, de novembre à janvier, dans le Gers, marque le début de la période automnale de la distillation. Dans toute la zone d'appellation « Armagnac », les alambics distillent les futures eaux-de-vie d'Armagnac, et les domaines gersois en profitent pour ouvrir leurs portes et montrer au public comment fonctionne un alambic. La « Flamme de l'Armagnac » emprunte la route des vignobles gersois, prétexte, d'après le site internet www.festival.tourisme-gers.com, à diverses festivités comme « des visites de domaines, de châteaux et de chais, des repas autour de l'alambic arrosés au vin nouveau, des concerts et des randonnées cyclistes, pédestres ou équestres au cœur des vignobles... »

Pour l'heure, la délégation gersoise à laquelle s'intéressait André Ormus avait été reçue par le vice préfet de la Bibliothèque apostolique vaticane, Ambrogio Piazzoni, qui avait remis solennellement à ses visiteurs le fac-similé du texte imprimé en 1531. L'ecclésiastique élusate du moyen âge n'avait certainement pas imaginé que cette eau-de-vie allait connaître des siècles plus tard un tel succès, puisqu'il se vend aujourd'hui environ six millions de bouteilles d'Armagnac dans cent vingt pays.

Les viticulteurs et professeurs gersois eurent même le loisir de voir le Pape, ce qui en fit sourire certains d'entre eux car ils venaient d'un département qui connaît une solide tradition radicale-socialiste et anticléricale. Mais tous furent admiratifs devant la beauté architecturale des lieux. Alors qu'ils visitaient l'un des palais pontificaux, un membre du groupe de viticulteurs gascons eut soudainement l'attention détournée par un geste de la main d'un moine en robe de bure sombre, au visage sec et triste ; il l'invitait à s'approcher de lui, visiblement parce qu'il avait quelque chose à lui dire en aparté. Le Gersois n'avait aucune envie particulière de se confesser mais intrigué, il s'éloigna de son groupe et s'avança vers l'homme d'église. Puis il lui adressa la parole :

- Vous voulez me voir ? Me dire quelque chose ?

- Oui, Monsieur, répondit le moine en français mais avec un léger accent italien. Vous ne me connaissez pas mais moi, je sais qui vous êtes.

- Oh, je sais que vous êtes très bien renseignés, au Vatican ! Cela étant, je suis un peu surpris par l'aspect mystérieux de votre prise de contact !

- Ne vous offusquez pas de cette façon un peu cavalière d'entamer la conversation avec vous mais il faut absolument que je vous parle.

- Vous n'allez pas me faire le coup de la manipulation à quatre sous en profitant de l'ambiance de ces lieux ? Vous voulez que j'aille chercher le tombeau de Jésus-Christ à Rennes le Château ? Je préfère vous prévenir, je ne suis pas croyant ! Et d'abord, qui êtes-vous ?

- Peu importe qui je suis.

- Il est un peu facile de me répondre ainsi...

- Non, sincèrement, ma personne n'a aucune importance.

Mais si vous voulez vraiment me situer, je suis membre des Chevaliers de la Foi.

- Les Chevaliers de la Foi ? Je connais ! Ce sont eux qui ont assassiné Fualdès en Aveyron ! Et ils avaient obtenu le retrait symbolique des cendres de Rousseau et Voltaire du Panthéon à Paris pour rendre ce monument parisien au culte catholique ! Mais cette société secrète royaliste française n'existe plus depuis 1826 ! Vous me racontez n'importe quoi. Comment un moine italien pourrait-il être aujourd'hui membre de cette organisation politico-religieuse nuisible ? Où voulez-vous en venir ?

- Je constate que votre réputation d'historien n'est pas usurpée, Monsieur Minflous.

- Vous connaissez mon nom ?

- Ce n'est pas un exploit, vous êtes l'un des membres de la délégation française venue au Vatican pour chercher un document historique sur votre liqueur d'Armagnac. Et je suis l'un des nombreux agents de la sécurité papale, par conséquent, obtenir ce genre d'informations ne représente véritablement aucune difficulté. En revanche, ce que je vais vous apprendre maintenant a une tout autre dimension que nos petites biographies respectives.

- Mais oui, mais oui... Vous avez vraiment le sens de la mise en scène et je suis curieux de voir où vous voulez en venir.

- Je comprends le contexte sociologique, éducatif et politique de votre anticléricalisme, répondit le moine transalpin. Mais ce n'est absolument pas gênant dans le cadre de ce que je vais vous apprendre.

- Je m'en doutais un peu, répondit le professeur gersois.

Ce dernier était l'un des meilleurs spécialistes de l'histoire de l'Armagnac et il avait accompagné la délégation française afin d'authentifier le document qui allait leur être remis par la bibliothèque vaticane. Afin d'honorer leur précieuse eau-de-vie et son 700e anniversaire, les Gascons préparaient un grand colloque sur ce thème, qui rassemblait toute la famille gersoise de l'Armagnac, d'Auch à Condom en passant par Eauze et Lectoure ; mais Monsieur Minflous n'avait pas imaginé un seul instant que ce voyage en Italie allait lui donner l'occasion d'une conversation absconse avec un représentant un peu poussiéreux du clergé, dans ce qu'il avait de plus caricatural et réactionnaire. La référence aux Chevaliers de la Foi lui rendait d'emblée son interlocuteur antipathique et l'enseignant auscitain se sentait à la fois agacé par cette approche guignolesque et amusé par ce discours suranné, qui confirmait ce qu'il pensait, à savoir que l'église catholique vivait décidément dans un monde qui n'existait plus.

- Je m'en doutais un peu, répéta-t-il. Et je vous repose la question : où voulez-vous en venir ?
- Soyez patient, Professeur. Je suppose que vous connaissez la franc-maçonnerie ?
- Ah, voilà ! J'en étais certain. Vos obsessions habituelles : les Juifs, les francs-maçons et tutti quanti. Cela ne m'étonne pas : si vous êtes réellement membre d'une résurgence des Chevaliers de la Foi, qui étaient une parodie de l'Ordre maçonnique, mais dans le but de le combattre, je ne suis pas surpris qu'au bout de quelques minutes de conversation avec vous, ce thème apparaisse. Ce qui est un peu désolant avec le clergé de votre église, c'est l'absence totale de modernité. La

sauvegarde de votre dogme puéril vous fige dans des combats d'arrière-garde. Mais bon sang, il existe d'autres enjeux plus importants et urgents pour la planète que la préservation de vos dorures !

- Là n'est pas le débat, Professeur. Je sais qu'à vos yeux, la métaphysique religieuse, quelle qu'elle soit, ne saurait trouver grâce. Veuillez avoir la bonté de croire que je ne cherche pas à vous convaincre de l'intérêt de la théologie, je souhaite vous parler de bien autre chose. Et puisque vous évoquez l'urgence, soyez bien persuadé que c'est pour cette raison que je suis entré en relation avec vous de cette façon peu orthodoxe et un peu brutale.

- Au fait, s'il vous plaît ! Allez au fait.

Le Gersois commençait à s'impatienter de ces circonvolutions oratoires qui prolongeaient plus que de raison leur discussion impromptue, alors que son groupe continuait, lui, à progresser dans sa visite du palais épiscopal. Le moine sembla comprendre son impatience et répondit aussitôt d'une voix un peu sifflante, dans laquelle perçait une sourde angoisse :

- Connaissez-vous la loge maçonnique « Le Mystère » à Auch ?

- Non ! D'après ce que je sais, aucun atelier des francs-maçons dans cette ville ne porte un tel titre distinctif.

- Et pourtant, elle existe ! Plus précisément, elle existait au XVIIIe siècle avant de disparaître dans la tourmente révolutionnaire. Hormis quelques historiens pointus de cette confrérie, personne aujourd'hui ne connaît son existence passée. Et encore moins de gens savent que cette Loge vient de renaître de ses cendres.

- Et c'est pour me dire cela que vous avez pris ces grands airs mystérieux ? Où est le problème ? J'espère que de nos jours, l'église catholique n'en est pas encore à traquer et humilier les francs-maçons !

- Non ! Les francs-maçons ont leur propre vision du bien et du mal, qui diffère certes de la nôtre ; mais ce n'est absolument pas l'objet de mon intervention auprès de vous.

- Alors c'est quoi ? Vous voulez me faire croire que la fameuse Loge Mystère est particulièrement diabolique ? Mais pour le diable, il faut Dieu et vous savez aussi bien que moi que beaucoup de francs-maçons ne sont plus dans ce genre de croyances. Dieu est mort, Nietzsche l'a bien affirmé au siècle dernier, et avec lui le diable et tous les anges qui constituaient le décorum de votre église. Il en reste quelques belles cathédrales et un fonds idéologique fondé sur l'amour du genre humain qui n'est pas inintéressant, lorsqu'il n'a pas pour conséquence de brûler les femmes sorcières et les savants astrologues... Excusez-moi d'être aussi franc et sévère avec vous, mais c'est vous qui avez souhaité entamer ce dialogue...

- Je le réaffirme avec force, dit le moine avec le même ton angoissé, je ne souhaite pas vous faire perdre votre temps pour discuter avec vous du dogme chrétien. Je veux simplement vous prévenir de ce fait : la Loge Mystère est réapparue dans le plus grand secret, et le noir et le blanc y ont entamé un combat mortel, pour aller au-delà du bien et du mal. En fonction de la force qui emportera cette bataille, l'avenir de l'humanité sera le bonheur ou alors le malheur. Le véritable malheur. L'Apocalypse.

- Je n'arrive pas à vous prendre au sérieux ! Vous m'annoncez un nouvel épisode de la Guerre des Étoiles ? À Auch, en Gascogne ? Et pourquoi me prévenir moi d'un tel événement ? Que votre Pape écrive une missive secrète au Président de la République Française, qui enverra dare-dare ses services spécialisés lutter contre les forces du mal ! Écoutez, notre rencontre inopinée demeurera certainement un souvenir piquant de ma visite à Rome mais maintenant, je dois vous laisser et rejoindre mes amis. Au revoir, Monsieur.

Agacé par cette conversation loufoque, Minflous tourna les talons et rejoignit à grands pas ses compatriotes, toujours concentrés dans la visite contemplative du magnifique bâtiment italien.
- Que faisais-tu avec ce curé ? Lui demanda l'un de ses amis, célèbre œnologue qui travaillait pour le journal *La Dépêche du Midi*. Tes prières ? Je sais que tu as tellement pêché...
- Ne confondons pas plaisir et pêché ! En plus, ce n'était pas un curé mais un moine ! Et à mon avis, un peu moine un peu dingue car il a commencé à me raconter une histoire qui...

Ses propos furent interrompus par des cris d'effroi qui résonnaient étrangement dans le bâtiment ; en se retournant, Minflous put voir une scène tragique et brutale : le moine qui l'avait entretenu gisait sur le sol, dans une flaque de sang et s'éloignait de lui en courant une femme en robe rouge, une épée à la main. Déjà s'approchaient de la victime de cette agression quelques touristes, ceux-là même qui avaient crié, effrayés par la sauvagerie de cet assassinat. Par réflexe, Minflous fit demi-tour et marcha lui aussi vers le cadavre du moine. En arrivant près de l'homme allongé, son regard fut immédiatement attiré par un papier que celui-ci tenait dans sa main gauche ; un papier que le professeur gersois connaissait bien puisqu'il s'agissait d'un fac-similé du document sur l'Armagnac, presque identique à celui qui avait été remis à la délégation des viticulteurs gascons.

Presque car celui que tenait la main du mort représentait, outre le texte sur les vertus de l'alcool, une croix de couleur rouge comme le sang, comme celui qui s'écoulait des méchantes blessures de l'ecclésiastique au sol. Minflous n'osa évidemment pas prendre ce papier et il ne pouvait pas de toute façon, au vu et au su de tout le monde, soustraire une pièce à conviction qui allait être utile pour l'enquête de la Gendarmerie vaticane. Par contre, plus par un réflexe d'historien que par un voyeurisme morbide pour cette scène criminelle, il pensa à photographier l'ensemble avec son téléphone portable, puis zooma sur le document, ultime message aux vivants du moine tué par l'épée de la dame en rouge. Minflous eut juste le temps de mettre son téléphone dans sa poche qu'arrivaient des carabiniers italiens et des gendarmes pontificaux.

Les Policiers du Vatican réalisaient leurs constatations de la même façon que leurs collègues de Paris ou New York : bande jaune marquée « Police « pour empêcher les curieux d'approcher trop près du cadavre, recherches d'indices, photographies et relevé de l'identité des témoins de ce crime violent pour un recueil ultérieur d'utiles témoignages. Une exception fut faite pour les touristes gersois, ambassadeurs de l'Armagnac gascon car ils devaient reprendre l'avion le soir même pour Toulouse Blagnac ; ils furent par conséquent interrogés très rapidement par une ravissante Policière italienne, à la belle chevelure brune et aux grands yeux verts, qui, à l'aide de son ordinateur portable, enregistra immédiatement leurs dépositions. Celles-ci étaient brèves et se ressemblaient toutes, en raison de la brutalité de l'assassinat dont ils avaient été témoins. La seule déclaration qui aurait pu être différente était naturellement celle de Monsieur Minflous qui, trop bouleversé par ce qu'il venait de vivre, préféra s'abstenir de tout raconter sur l'ultime conversation qu'avait eue avec lui le moine avant d'être transpercé par l'épée de la femme en rouge.

- il sera toujours temps de donner des précisions à la Police française, se dit le Professeur pour se donner bonne conscience.

Il ne croyait pas si bien dire ; mais il ne pouvait pas savoir qu'André Ormus, l'un des fins limiers de la DST, l'attendrait à sa descente d'avion dans l'aéroport toulousain.

II

- Vous êtes certain de n'avoir rien oublié ? Et vous ne pouvez pas me décrire plus précisément la meurtrière à l'épée, cette femme en rouge ? Demanda le Policier de la DST.
- Sincèrement, je n'ai rien de plus, répondit le Professeur.

Les deux hommes étaient installés dans une petite salle tranquille prêtée obligeamment par la Police de l'Air et des Frontières de l'aéroport Toulouse Blagnac. À travers de larges baies vitrées, il était possible de contempler le ciel bleu et lumineux, transpercé régulièrement par les traces blanches des avions qui survolaient l'agglomération toulousaine.
- Et bien, cela ne représente pas grand-chose pour démarrer une enquête, soupira André Ormus. Mais bon, j'ai vu pire.

Il jeta un dernier coup d'œil à ses notes puis rangea son calepin dans l'une des poches de son blouson. Puis il s'adressa à nouveau au Professeur d'histoire gersois :
- Notre entretien est terminé et sauf rebondissement imprévu, nous n'aurons pas le plaisir de nous revoir. Je vous remercie pour votre coopération et je vais vous laisser rejoindre la belle ville d'Auch. Souhaitez-vous que je vous dépose à la gare Matabiau ?
- C'est inutile, Inspecteur. Mon épouse est venue me chercher en voiture et m'attend devant l'aéroport.

Les deux hommes se serrèrent la main, concluant banalement cette brève conversation sur cette étrange affaire. Soudain, le Professeur reprit la parole :

- Attendez, j'ai oublié quelque chose ! La photo !
- Quelle photo ? Demanda le Policier.
- La photographie du document que tenait dans sa main le moine assassiné ! J'ai eu le réflexe de la prendre avec mon téléphone, ce que j'ai d'ailleurs oublié de dire à vos collègues italiens. En fait, il s'agit d'une copie du même document sur l'Armagnac que nous sommes allés récupérer à Rome, avec en plus une croix rouge dessinée dessus. Rien d'intéressant a priori pour vos investigations, mais je préfère vous le signaler.
- Vous faites bien, rétorqua André Ormus. J'ai moi aussi un téléphone, vous pouvez me transférer ce cliché ? Sait-on jamais...
- Avec plaisir ! Et ensuite je vais l'effacer de mon téléphone, je n'ai pas envie de garder ce genre de souvenirs de mon voyage au Vatican !

Ils effectuèrent la manœuvre informatique ; André Ormus eut le temps d'apercevoir le petit fichier numérique s'afficher sur son écran puis il raccompagna M. Minflous vers la sortie de la salle d'audition qu'il avait utilisée grâce à ses collègues de l'aéroport. Il regarda s'éloigner le Professeur, qui était visiblement soulagé d'avoir pu confier le récit de cette scène traumatisante à un Policier français. Il se mit ensuite à réfléchir pour essayer de mettre un peu d'ordre dans les quelques éléments disparates qu'il avait obtenus sur ce crime transalpin peu ordinaire. À première vue, il avait l'impression de se retrouver dans une histoire à la mode, l'une de ces multiples constructions intellectuelles fantasmatiques autour de la théorie du complot, fréquentes à une époque perturbée qui cherchait des explications rassurantes. Entre les Illuminati, les Rose-Croix, les vampires, les extraterrestres, la liste était longue des coupables supposés des malheurs, véritables ou exagérés, du monde actuel ; cependant, une analyse rationnelle des événements réduisait généralement à néant ces visons paranoïaques de l'existence humaine. Et André Ormus faisait partie des gens dont le travail consistait justement à fournir avec le souci de la vérité ces analyses rationnelles, notamment lorsque la réalité semblait déraper vers l'incompréhensible. C'était un boulot intéressant, au bout du compte. Et dans cette affaire qui démarrait, le Policier avait objectivement quelques ingrédients prometteurs.

Il monta dans sa voiture et se dirigea vers son bureau toulousain. Là, après avoir passé quelques portes blindées et salué quelques-uns de ses collègues aux activités aussi secrètes que les siennes, il téléchargea de son téléphone portable la photographie que lui avait transmise le Professeur gersois puis l'imprima en haute définition. Étant lui-même un amateur d'Armagnac, il ne pouvait qu'apprécier la liste des vertus médicinales et mirifiques de cet alcool ; mais, naturellement, ce qui retenait l'attention, c'était cette grande croix rouge, de couleur sang, qui recouvrait l'intégralité du document. À la base de cette croix était marqué le mot « mysterium » ; quant aux trois branches horizontales et supérieures, elles se terminaient par le chiffre 6. André Ormus eut presque envie de sourire en faisant cette découverte :
- 666, le chiffre du diable ! Ce n'est pas étonnant de la part d'un papier qui sort du Vatican. Au XXIe siècle, les curés continuent à utiliser le même fonds de commerce.

Presque déçu par ces indices qui semblaient à première vue indiquer une piste convenue en raison de la nature ecclésiastique des principaux protagonistes de cette affaire criminelle, il rangea la photographie imprimée dans un dossier qu'il prit sous le bras avant de rentrer chez lui.

- Je verrai tout cela demain, laissons un peu mijoter ce chaudron religieux.

Il marcha tranquillement dans les rues de Toulouse qui menaient à son domicile et arriva peu après jusqu'à son vieil immeuble. Alors qu'il ouvrait la serrure de sa porte, il entendit des bruits de pas clinquants dans l'escalier qui menait aux étages supérieurs ; et il eut la surprise de voir apparaître une très jolie femme, habillée d'une façon fort séduisante et élégante d'un tailleur bleu marine et d'un chemisier blanc. Elle portait des talons aiguilles, ce qui expliquait le son de sa marche dans l'escalier. Bien entendu, il salua aimablement cette apparition féminine, qui lui répondit en français mais avec un charmant accent anglais :
- Bonjour ! Je suis votre nouvelle voisine.
- Enchanté, répondit le Policier. Soyez la bienvenue dans notre immeuble, vous verrez, c'est très tranquille ici.
- Oh oui ! Et très joli aussi, j'aime beaucoup l'architecture de Toulouse. Je vais prochainement fêter mon emménagement, vous me ferez sans doute le plaisir de venir ?
- Sauf impondérable, ce sera avec grand plaisir, Mademoiselle.

Il lui ouvrit la porte d'entrée de l'immeuble et elle s'éloigna après un dernier sourire et un signe de la main. Il jeta un dernier coup d'œil à la silhouette chaloupée de sa belle voisine avant qu'elle ne disparût dans la rue puis entra chez lui, charmé par cette convivialité de proximité qui concluait d'une manière très agréable sa journée de travail.

Pendant que le Policier de la DST élaborait des hypothèses sur sa capacité à séduire sa jolie voisine, deux hommes étranges discutaient, à moins de cent kilomètres de là, dans les locaux secrets de la Loge Mystère au cœur de la ville d'Auch :
- Voici ce qu'a déclaré l'un des dirigeants d'un laboratoire de recherche et développement informatique à Cambridge, dit le premier.
- Je vous écoute, répondit le second.
- Cette équipe de recherches américaines travaille sur un nouveau projet informatique, un système qui permet de réaliser des modélisations complexes en un temps record sur presque tous les sujets (climat, génétique, physique des particules). Leur objectif est de pouvoir faire des simulations et des projections sur une échelle jusqu'alors inconnue.
- Ils se rapprochent véritablement de l'intelligence artificielle.
- Tout à fait ! Et leur credo est : « Science is the driver of our time, software will power it. »
- Ce qui signifie dans la langue de Molière ?
- « La science mène notre époque, le logiciel en sera le moteur ».
- Pourquoi pas ? Leur ambition ne me gêne pas. À condition que nous puissions en contrôler les effets.
- Ce n'est pas impossible. Si nous parvenons à pirater le code mathématique fondamental. Et le faire évoluer, sans qu'ils s'en aperçoivent, vers une dimension quantique. Mais alors, ce sera la fin du réel.

- Quelle réalité ? La leur ? Mais cette évolution n'a aucune importance. Et notre réalité prendra toute sa place. Nous serons les alchimistes du nouveau monde.

- Que sera alors le sens de la vie ? Nous devrions y réfléchir ensemble dans notre Loge.

- Le sens de la vie ? Vous croyez vraiment que nous en sommes encore à ce genre de chimères ? Allons, mon ami, ouvrez les yeux : la vie humaine va enfin apparaître pour ce qu'elle est : un leurre.

- Vous ne semblez même pas désabusé en faisant cette affirmation, qui me paraît pourtant tout sauf humaniste. Vous m'inquiétez !

Son interlocuteur éclata de rire puis plongea son regard droit dans le sien :

- Que suis-je en train de voir avec mes yeux morts ? Et vous, que voyez-vous ?

- Je ne comprends pas...

- Vous ne voulez pas comprendre ! Enfin, rappelez-vous ce que nous sommes : des ectoplasmes. Des Frères maçons du XVIIIe siècle. Survolant de nos pensées le XXIe siècle. Nous n'existons plus depuis belle lurette et pourtant nous sommes là, tous les deux, à contempler l'avenir du monde. Et vous osez me parler de réalité ?

- Ectoplasme, comme vous y allez fort ! C'est ainsi que vous considérez notre immortalité ?

- Je ne renie pas nos travaux communs qui ont fait de nous que nous sommes pour toujours. J'affirme que même notre immortalité fondée sur la vitesse de la lumière va sans doute devoir être reconsidérée dans sa nature. Et je pense que cette réflexion doit être à l'ordre du jour de notre prochaine réunion !

Sur ces mots, ces deux personnages surréalistes disparurent brusquement, comme un hologramme dont les ondes seraient débranchées. Le décor même dans lequel ils évoluaient s'effaça d'un seul coup, pour laisser la place à l'intérieur d'une joyeuse boutique de lingerie féminine. Soutiens-gorge colorés et nuisettes sexy avaient envahi l'espace intemporel où une seconde auparavant s'échangeaient des propos abscons sur l'avenir du genre humain. Ce qui démontrait déjà que la théorie des cordes pouvait avoir des effets sympathiques, voire érotiques. De l'arrière-boutique surgit une jeune femme brune et fort mignonne, qui accrocha aux portemanteaux alignés contre un mur des vêtements qu'elle venait de repriser pour quelques-uns de ses clients auscitains. Il ne fallait jamais sous-estimer les couturières, ce métier tout simple et pourtant indispensable pouvait déboucher sur d'étranges destinées. Certains prétendaient par exemple que cela avait été la première profession de la célèbre chanteuse Mylène Farmer et tout le monde connaissait aujourd'hui la dimension spectaculaire de l'univers symbolique de cette artiste séduisante et surprenante. La jolie couturière d'Auch ne donnait pas de concert, elle se contentait de vendre des strings et des chemises de nuit à ses concitoyennes, sans s'imaginer un seul instant que l'espace-temps qu'elle occupait pour son commerce anodin et agréable était partagé avec le Temple de la Loge Mystère.

Encore que. Peut-être qu'en vérité, l'adorable petite couturière auscitaine savait ce qui se passait dans ses murs. Et qu'elle n'était qu'un pion, conscient ou inconscient, sur un échiquier, dans une partie jouée par deux adversaires féroces.

III

Comme tous les matins et tout un chacun, André Ormus se leva, se rasa, se doucha et prit son petit-déjeuner en regardant les informations télévisées. Le début de journée d'un flic ne différait pas de celui d'un gendarme ou même de n'importe quel citoyen français. C'était ensuite que généralement, les choses se compliquaient. En sortant de chez lui, il croisa sa jolie voisine, qui le salua sur un ton presque timide. Il n'avait pas le temps de faire davantage connaissance et de pousser plus avant la convivialité de proximité, ce fut pourquoi il se contenta de lui sourire. Puis il se rendit d'un pas tranquille vers son bureau et commença par aller dire bonjour à son patron, un Commissaire Divisionnaire plutôt sympathique mais blasé comme lui par trente années de Police ; il lui présenta en quelques phrases l'enquête qu'il avait débutée et son chef de service eut l'air véritablement intéressé puisqu'il l'invita à poursuivre ses investigations. André Ormus alla ensuite brancher son téléphone sur un ordinateur de la DST et lança l'application ITEM, un logiciel maison qui lui permettait de recevoir instantanément toutes les informations publiées dans le monde entier et qui, grâce à des mots clefs qu'il avait lui-même définis, avaient un rapport plus ou moins proche avec son enquête en cours. Le premier message qui apparut sur son écran concernait fort logiquement l'Armagnac. En 1310, un dénommé Vital Dufour prieur d'Eauze qui deviendra cardinal grâce au pape Clément V, rédigea un « Livre très utile pour conserver la santé et rester en bonne forme ». Vital Dufour était membre de la mouvance intellectuelle et scientifique liée à « Al

Andalus », un mouvement de pensée de l'Espagne maure qui maîtrisait l'art de la distillation. Le terme Al-Andalus désigne aussi l'ensemble des terres de la péninsule Ibérique et de la Septimanie qui furent à un moment donné sous domination musulmane au Moyen Âge (711-1492). Vital Dufour écrivit dans cette encyclopédie une page entière sur les quarante vertus de l'eau-de-vie de Gascogne, qui ne portait pas encore le nom d'Armagnac. Ce texte fondamental a été découvert dans les années quatre-vingt par un érudit de la Société Archéologique et Historique du Gers à Auch, l'abbé Gilbert Loubès, qui avait également trouvé quelques années auparavant, dans un inventaire après décès d'une famille de Mauvezin, daté de 1475, une liste d'ustensiles de cuisine parmi lesquels un « alambicum cupri et plombi », un alambic de cuivre et de plomb : il s'agissait sans doute d'un petit appareil ménager qui permettait de produire chez soi à des fins thérapeutiques quelques centilitres d'alcool de vin.

Cette eau-de-vie apparut sous le nom d'Armagnac à la fin du XVIIe siècle dans le département des Landes, voisin du Gers, sur le marché de Saint Sever. Elle faisait l'objet d'un commerce abondant entre la Gascogne et le port de Bordeaux, attesté par des livres de compte et dirigé par des marchants hollandais. Mais il fallut attendre le 3 mai 1909 et le décret Armand Fallières pour délimiter officiellement la zone de culture de l'Armagnac et ses trois régions primordiales : haut Armagnac, Ténarèze et bas Armagnac avec son cœur de sables fauves, vers Labastide. Ce vieil alcool gascon de sept siècles, qui sait mystérieusement vieillir dans des fûts de chêne, représente aujourd'hui 6,6 millions de bouteilles commercialisées dans le monde, 800 viticulteurs et

40 maisons de négoce. 40 % des ventes se font à l'étranger, dans plus de 100 pays. L'Allemagne (14 % des volumes) et la Russie (12 %) représentent les marchés internationaux les plus importants. Depuis 2010, la Chine est devenue un pays importateur de l'Armagnac avec seulement 2 % des ventes, mais 67 % de progression ! Les Chinois aimaient décidément la Gascogne puisque le foie gras, lui aussi, s'implantait avec succès dans ce pays.

L'eau-de-vie gersoise eut même droit à un livre spécifique dans la fameuse collection « Pour les nuls », dont l'auteur est une œnologue du nom de... Chantal Armagnac ! Cet écrivain considère l'Armagnac comme « une quintessence » et « une leçon de tolérance », ce qu'André Ormus approuvait tout à fait.

Le Policier passa ainsi un certain temps à se documenter sur l'Armagnac, et tout en se cultivant en faisant défiler les messages électroniques, il cherchait dans toutes les informations qu'il obtenait un indice qui pourrait l'aider dans son enquête. Mais il avait beau scruter son écran, rien d'intéressant de ce point de vue n'apparaissait. Il termina ses recherches par une série de recettes de plats avec lesquels l'Armagnac se mariait particulièrement bien. Tout ceci lui ouvra l'appétit et il décida de se rendre illico au restaurant « chez Moustache », au marché gare, où il savait qu'il pourrait déguster la véritable saucisse de Toulouse : confectionnée avec du porc du Sud-Ouest, hachage à la machine plaque de 8-12, 75 % de viande maigre, du sel, du poivre et du boyau naturel de calibre 28, 30... Sans additif, colorant et eau... Un régal culinaire. Et après, il n'existait aucune raison valable de se refuser un plaisir simple en entamant une enquête. C'était le bon côté du travail à la DST : un hédonisme serein qui évitait de se prendre trop au sérieux. André Ormus était un cyrénaïque qui s'ignorait. Encore que.

IV

André Ormus démarra la voiture banalisée obligeamment prêtée par la direction départementale des Renseignements Généraux du Gers et prit la direction de Pavie, une commune voisine d'Auch. 5 kilomètres de routes paisibles dans le beau paysage de la Gascogne pour arriver jusqu'au lieu-dit Peyloubère, où mourut le 23 septembre 1969 le peintre italien Mario Cavaglieri.

Mario Cavaglieri est né à Rovigo, en Italie, en 1887, trois jours après Marc Chagall. Issu d'une famille aisée de la haute bourgeoisie vénitienne, il entama des études de droit à l'université de Padoue. Il les abandonna cependant rapidement pour se tourner vers une carrière artistique. Développant une manière très personnelle, il fut rapidement reconnu et commença à exposer ses œuvres à tout juste vingt ans. En 1910, il se rendit à Paris pour étudier les peintures de Matisse et Van Gogh. Il affirma son style intimiste pendant ses « années brillantes », de 1913 à 1920, en se consacrant à la représentation de la société mondaine avec une peinture colorée et raffinée. Ses occupations se partageaient, à l'époque, entre expositions et mondanités.

En 1925, il prit la décision de se retirer dans la campagne française et acheta la maison de Peyloubère à Frédéric Sancet, sénateur du Gers sous la IIIe République et neveu du peintre Louis Sancet. Mario Cavaglieri s'y installa peu après et y vivra jusqu'à sa mort en 1969. Il y peignit en toute liberté et discrétion. Certaines pièces de la demeure (fresques sur les plafonds et les boiseries) ont été entièrement décorées par le peintre et ont été restaurées en 2002. Le décor comportait surtout des scènes mythologiques très chatoyantes et tourbillonnantes, exaltant les nus féminins et les drapés, mais aussi des scènes d'intérieur où son épouse Guiletta Catellini, comtesse Marazzini-Visconti, qu'il appelait Juliette, est omniprésente, le forgeron de Pavie ou encore la célèbre plage du village, située sur les berges du Gers, en bas du domaine de Peyloubère. Sa maison fut classée en 1996 par les Monuments Historiques.

Lorsque la seconde guerre mondiale éclata, il décida de retourner en Italie, où il se croyait plus en sécurité en raison de sa nationalité italienne et de ses origines juives. Sa famille fut au contraire déportée pour ce dernier motif, ce qui l'obligea à errer de ville en ville jusqu'à son retour en France en 1946. Sa vie mondaine ayant disparu des suites de la guerre, il se consacra entièrement à la peinture et y apporta sur les conseils de sa femme, une énergie nouvelle, inspirée par des scènes rustiques, des baignades, des parties champêtres. Attiré par la vie culturelle parisienne, où il se lia d'amitié avec des artistes de Montmartre, il alterna les séjours entre l'effervescence de la capitale française, des expositions à Rome, Florence, Gènes, la Biennale de Venise, et surtout le calme de la campagne gersoise ; il fréquentait les notables du département et invitait chez lui des peintres italiens, par exemple l'étonnant Filippo de Pisis aux toiles d'une dimension poétique. Pratiquement inconnues en France, les peintures de Mario Cavaglieri étaient pourtant célèbres en Angleterre et surtout en Italie et dès 1908 les critiques d'art le considérèrent comme l'un des plus grands peintres du

XXe siècle. Sa première rétrospective fut organisée au Musée des Augustins de Toulouse en 1974. En 2007, sa ville natale Rovigo organisa une grande rétrospective internationale au Palais Roverella et Pavie, son havre gersois, consacra une soirée culturelle à la vie de Mario Cavaglieri, qui a peint environ 1 200 toiles.

De nombreuses œuvres de cet artiste, enterré à Auch qui donna son nom à l'une de ses rues, sont conservées et exposées au Musée des Jacobins d'Auch ; trois d'entre elles sont visibles au Conseil Général du Gers.

Grâce à l'obligeance des propriétaires de la résidence hôtelière, André Ormus put visiter les lieux et contempler à loisir les toiles du peintre italien. Le Policier ne comprenait pas pourquoi il avait reçu sur son téléphone portable cette indication géographique et culturelle mais il prit plaisir à contempler les quelques œuvres présentes et à penser à cet artiste exilé qui s'était épanoui pendant quarante ans au cœur de la Gascogne. Connaissant la rigueur et la pertinence de son service de renseignements, il se doutait bien qu'il n'avait pas été orienté ici par hasard. Il ne lui restait plus qu'à trouver la clef de sa présence dans l'atelier gersois de Mario Cavaglieri. Que venait faire un Maître vénitien dans cette histoire ?

V

Un nouveau message apparut sur le téléphone portable d'André Ormus, sous la forme d'une rafale de questions pertinentes qui bousculèrent les neurones pourtant bien agencés du Capitaine de Police : « Quel est l'apport des nouvelles technologies pour les énergies, l'industrie, la santé ? Du carburant de nos voitures à la santé humaine, de nouvelles technologies s'activent pour révolutionner notre quotidien. Qu'appelle-t-on biotechnologies ? Pourront-elles faire face aux défis énergétiques, environnementaux, sanitaires de demain ? Au-delà du développement des biocarburants de 2e et 3e générations, est-il possible de produire des bioénergies en quantité suffisante et à un prix réaliste au plan économique ? Qu'apportent les nouvelles technologies dans le développement de la médecine individualisée ? Quel en est l'impact économique ? En quoi les nanotechnologies peuvent-elles être utilisées au bénéfice du patient ? » Tout ce questionnement d'actualité induisait une nouvelle morale, c'était évident. Fatigué et ne trouvant pas instantanément les bonnes réponses à ces questions virtuelles, le Policier décida de lancer un CD de Mozart sur la platine laser de sa voiture puis d'aller rendre visite à l'un de ses collègues, qui avait choisi de prendre sa retraite dans sa bonne ville de Lectoure, au nord du département du Gers, à une trentaine de kilomètres d'Auch.

K467 emplissait de musique l'habitacle de la voiture qui roulait sur les petites routes gersoises. André se dit qu'un jour, le nom de ce concerto de Mozart deviendrait sans doute son nom de code à lui, l'être humain. Ce serait joli et pratique. Il arriva rapidement à Lectoure chez son ami, qu'il avait prévenu par téléphone. Celui-ci lui offrit un bon café et lui demanda naturellement des nouvelles de la DST, dans laquelle ils avaient œuvré ensemble pendant de nombreuses années. André lui donna bien volontiers quelques informations sur ce qu'était aujourd'hui leur service de renseignements et ses préoccupations professionnelles actuelles, puis l'interrogea sur son état de retraité ; le Lectourois lui répondit par cette jolie formule :

- Tu sais, même les flics se cachent pour mourir.
- Pourquoi dis-tu cela ? Tu as l'intention de décéder prochainement ?
- Non, mais je me fais vieux ! Il faut bien se préparer à cette logique des événements.
- Bon, épargne-moi tes états d'âme de vieil agent secret qui s'ennuie et dis-moi ce que tu penses de cette photographie.

André Ormus montra à son collègue l'image numérique du fac-similé sur les vertus de l'Armagnac, barré de la croix rouge.

- Alors, cela t'inspire quoi ? Cela vient directement du Vatican !
- Tu sais bien que je suis athée et pas vraiment intéressé par les bondieuseries ! Nous sommes à Lectoure, pas à Lourdes !
- Non, sérieusement, j'ai besoin de ton avis sur cette photo ! Au moins tes impressions.
- Franchement, tu veux que je te dise ? Visuellement, cela n'évoque rien dans ma mémoire, qui est pourtant excellente. Par contre, la reproduction assez émouvante de ce vieux texte du moyen âge me fait penser aux sciences cognitives...

- Pardon ?
- Oui, oui, tu as bien entendu : aux sciences cognitives !
- Comment un vieux flic comme toi, retiré dans la jolie cité gasconne de Lectoure, peut-il proférer de tels propos blasphémateurs ?
- Non, je suis sérieux ! Du fin fond de ma Gascogne, bien à l'abri derrière les hauts remparts lectourois, j'affirme que je détiens un scoop mondial !
- Je suis tout ouïe...
- À toi qui es un collègue qui a partagé avec moi les aventures extraordinaires de la DST, je puis le confier...
- Vas-y...
- Et bien, la Carte du Tendre est dépassée ! Terminée ! HS ! Absolument inutile !
- Non ?
- Et si ! L'information est terrible mais véridique.
- J'ai du mal à l'admettre... Ainsi cette géographie amoureuse indispensable entre les hommes et les femmes n'aura duré que trois petits siècles ?
- Hélas, oui et je crains fort que cette disparition n'annonce la fin de l'humanisme à la française comme nous l'aimons tant.
- Tu vas loin, mon ami.
- Je suis lucide ! L'émotivité créatrice vit ses derniers feux, au profit d'une matrice artificielle et technologique. Bon, sans vouloir passer du coq à l'âne, mais pour te laisser le temps de digérer ce renseignement majeur que je viens de te livrer, veux-tu goûter mon Armagnac ?
- Avec plaisir !

Le vieux flic lectourois se leva de sa chaise et marcha tranquillement vers un bahut dont il sortit précautionneusement la bouteille bondée, caractéristique de l'alcool gascon, ainsi que deux verres ballon. Il posa l'ensemble sur la table puis remplit délicatement les verres du beau et chaleureux liquide bronzé. Ils le firent chauffer dans leurs mains avant de commencer la dégustation.

- Ton Armagnac est vraiment délicieux, dit André Ormus. Et tu sais que je suis connaisseur.

- Je suis heureux de partager ce moment avec toi, lui répondit son collège lectourois.

- Bon et si tu m'expliquais le mystère de la disparition de la Carte du Tendre ? Et le rapport de ma photographie vaticane avec les sciences cognitives ?

Le Policier de Lectoure regarda l'alcool ambré dans le verre au creux de sa main mais tourna les yeux vers André Ormus et lui dit :

- À mon avis, la numérisation en cours du savoir n'est que la première étape de l'évolution culturelle de notre civilisation.

- Écoute, je ne pense pas que ta révélation soit véritablement un scoop... Il existe indéniablement une évolution entre les fresques de Lascaux et les jeux vidéos.

- Oui, c'est évident. Ce que je veux te dire, c'est qu'actuellement les meilleurs spécialistes mondiaux des sciences cognitives font des recherches sur les mécanismes de la fiction littéraire. Ils veulent comprendre, et ensuite, naturellement, modéliser, les mécanismes du processus de création.

- Là encore, ce n'est pas nouveau. Regarde l'efficacité des écoles d'auteurs de scénario pour séries américaines ; à mon avis, nous ne sommes plus dans la littérature mais ils savent parfaitement fabriquer des produits pour la société du spectacle. Des produits qui se vendent bien. Alors que cette préoccupation commerciale n'était absolument pas celle des écrivains français du XIXe siècle...

- Tu oublies les romans-feuilletons de Balzac, qu'il publiait dans la presse pour se faire quelques sous ! Idem pour Alexandre Dumas, qui doit à ce procédé une grande part de sa notoriété d'écrivain, sans oublier bien entendu son talent littéraire ! Les scribes qui pondent à la chaîne et à la louche des histoires destinées à être filmées n'ont fait que prolonger le procédé écrit. Mais revenons à mon intuition : la numérisation massive de notre culture n'est que l'outil des neurosciences pour imiter et à terme remplacer les créations de l'esprit humain. L'abstraction mathématique est en marche et elle dévorera tout sur son passage, le Mozart du prochain siècle s'appellera Pierre de Fermat.

- Est-ce un bien, est-ce un mal ? demanda André Ormus. Si cette production répond convenablement au désir de l'être humain, pourquoi s'interdire de tels procédés ? Qu'est-ce qui te fait peur dans cette perspective ?

- L'absence de failles. La formulation mathématique du plaisir devra, implacablement, tomber juste sinon une définition sera impossible. Or, est-il nécessaire de définir précisément ce qu'est une symphonie, ce qu'est un chef d'œuvre littéraire, ce qu'est la beauté, l'amour ?

- Tu vieillis, tout simplement, et le progrès te fait peur. Voilà ce que je pense, cher collègue ! L'amour, par exemple, sera toujours un mystère ; les philtres des sorcières du Moyen Âge, les potions magiques des marabouts d'Afrique ont eu beau prétendre pouvoir forcer l'amour, nous savons fort bien que l'amour est aussi universel et indispensable qu'incompréhensible. L'amour est la clef d'une porte inconnue. Et je te repose la question, ô toi grand ancien qui a connu la guerre froide, la guerre psychologique et même la guerre parapsychologique : quel lien existe-t-il entre ma photographie issue de la bibliothèque du Vatican et les sciences cognitives ?

- C'est évident et je vais te le dire. Cette image que tu me montres, à la fois simple et compliquée, relève incontestablement d'un système complexe de traitement de l'information et à ce titre, elle intéresse les sciences cognitives. Elle a trois niveaux d'information, thèse, antithèse, synthèse : le parchemin, la croix plus ou moins diabolique et enfin la juxtaposition de ces deux messages. La complexité de l'analyse symbolique de ce document ainsi fabriqué ne doit pas pour autant faire négliger à l'exégète la possibilité très forte d'un message subliminal relevant presque de la manipulation mentale. Mon cher André, tu as levé un sacré lièvre, crois-en ma vieille expérience !

- Merci pour tes encouragements mais pourrais-tu m'en dire un peu plus sur le sens voulu ou caché de ce document ?

- Ah non ! s'exclama le Policier lectourois.

- Pourquoi ? lui demanda André Ormus.

- Pour deux raisons. Je suis à la retraite et je ne souhaite plus travailler pour la DST, même si j'ai adoré cette grande maison. Mais il y a un temps pour tout et à c'est à toi, seul, de mener cette enquête.

- C'est une raison que je peux admettre. Et la seconde ?

- Je n'ai pas envie de mourir. Et même si je ne comprends pas, ou ne veux pas comprendre ce que signifie ce document, je ressens déjà de très mauvaises vibrations. Alors, ne m'en veux pas mais j'ai envie de me promener le plus longtemps possible dans les ruelles de ma belle ville de Lectoure.

Le vieux flic conclut ses propos sibyllins en levant à nouveau son verre d'Armagnac, qu'il termina de déguster. Son collègue toulousain comprit que l'entretien était terminé qu'il n'obtiendrait de lui pas davantage de renseignements sur l'affaire qui l'intéressait. Il était un peu déçu car il savait que le retraité lectourois possédait une véritable connaissance sur ces matières étranges qui avaient toujours passionné les esthètes de la communauté du renseignement. Roger Wybot, patron du contre-espionnage français de 1944 à 1958, était passionné par l'hypnotisme et le spiritisme ; un ancien diplomate soviétique, Vladimir Fedorovski, a écrit en 1996 un ouvrage sur les activités ésotériques d'une section d'un service de renseignement russe, le NKVD ; quant aux habitants de Rennes le Château, ils pourraient dresser une liste impressionnante mais véridique des services secrets qui ont tourné comme des abeilles autour des mystères de la vie de François Bérenger Saunière...

André Ormus prit congé de son hôte qui, avant son départ pour Auch, lui offrit sans un mot mais avec le sourire la réédition d'un livre de Zosime de Panopolis. Le Policier ne connaissait pas encore ce savant égyptien, auteur du plus ancien traité mondial sur l'alchimie et qui tenait du prophète juif Chymès (ou « Chemesch », c'est-à-dire « soleil » en hébreu), le premier des alchimistes, son savoir sur l'ouroboro, la substance unique d'où vient et ou va l'univers. Et s'il cherchait bien, l'agent secret toulousain parviendrait certainement à faire le lien avec les expériences sur les collisions de particules dans le Grand collisionneur de hadrons qu'était en train d'effectuer à Genève l'Organisation européenne pour la recherche nucléaire, plus connue sous son sigle CERN. Puisque « Un [est] le Tout, par lui [se développe] le Tout et vers lui [retourne] le Tout. » En toute simplicité.

VI

André Ormus recevait de nombreuses invitations et bien qu'il ne fût pas du tout adepte des mondanités, il décida de répondre à certaines d'entre elles. Il se rendit tout d'abord à Condom où, à l'occasion de la « Nuit des musées » était organisée une visite spéciale du musée de l'Armagnac de la ville de la Ténarèze. Il put avec les autres visiteurs humer divers arômes, poire, cacao, tilleul, qui indiquaient les nuances entre les cépages ; puis il écouta Chantal Armagnac, auteur de livres sur l'Armagnac et la Gascogne, qui expliqua que la multiplicité des saveurs était due à la présence de l'eau dans des sols très spécifiques ; elle évoqua également le bois de chêne, qui conserve si bien la plus vieille eau-de-vie de France.

Il se rendit ensuite près d'Auch, pour participer à une visite officielle du chantier d'allongement de la piste de l'aérodrome d'Auch-Lamothe qui allait être ouvert au trafic aérien international. Cette autorisation administrative importante pour le département du Gers allait permettre à des avions ayant décollé d'un pays étranger de pouvoir se poser directement à Auch, sans devoir faire un arrêt à Blagnac ou à Tarbes-Ossun-Lourdes. Cette ouverture à une clientèle internationale ne signifiait pas que des compagnies aériennes allaient ouvrir des lignes au départ d'Auch. Pour du transport de passagers, la piste ne serait pas assez large (30 mètres au lieu des 45 requis). Elle serait toutefois assez longue pour accueillir en toute sécurité des aéronefs de type Airbus A320 ou Boeing 737. Le chantier en cours consistait à rallonger la piste de 400 mètres, refaire entièrement le balisage et rénover la tour de contrôle, aménager un parking de 8 500 m2 relié à la piste par un taxiway pour que les avions pussent stationner.

Une fois terminés la visite et les discours des élus politiques qui étaient venus saluer cet événement aérien, André Ormus reprit sa voiture et partit pour Aignan, qui depuis peu était devenue la capitale du ballon dirigeable. En effet, depuis douze ans, un groupe d'ingénieurs passionnés travaillait à la réhabilitation du ballon dirigeable en France. Ces engins gonflés à l'hélium (un gaz qui n'explose pas) pouvaient transporter jusqu'à 400 tonnes de marchandises. L'utilisation de ces Dirigeables Gros Porteurs Autonomes avait même été envisagée pour transporter les éléments nécessaires à la construction de l'A380, l'avion géant d'Airbus à Toulouse. Ces passionnés avaient choisi le Gers pour concrétiser leur projet car ce département est l'un des moins venteux de France, d'où le déménagement de Pau à Aignan. L'invitation du jour consistait à présenter aux élus gersois le projet de construction d'un premier prototype de « Corsair », une sorte de gros camion aérien de 70 mètres de long pouvant voler à 135 km/h, et qui décollait et atterrissait verticalement, comme un énorme hélicoptère, ce qui lui permettait d'aller presque n'importe où.

Puis André Ormus regagna son véhicule et reprit la route pour Auch. Songeur, il ne voyait pas très bien le lien entre ces promesses et ces prouesses aériennes et l'enquête qu'il était en train de mener. D'un naturel optimiste, il se dit qu'il lui suffisait d'être patient. Il avait raison.

Il passa chez son hôte auscitain, avec lequel il prit l'apéritif et échangea quelques banalités sur la crise agricole qui frappait durement les paysans gersois. Puis il remonta dans sa voiture et se dirigea vers Agen, afin d'honorer sa dernière invitation du jour ; et il eut le véritable plaisir d'assister à un opéra loufoque et grandiose de Gilles Ramade, un artiste de la région Midi-Pyrénées qui possédait un réel talent de compositeur et de metteur en scène et avait su harmoniser avec brio le jeu de plusieurs centaines de personnes sur la même scène de spectacle.

Tard dans la soirée, André Ormus rejoignit son Gers préféré en roulant tranquillement sur la route sinueuse qui conduisait d'Agen à Auch. Il n'avait toujours pas trouvé la correspondance qui unissait les événements de sa journée, ce qui ne le préoccupait pas outre mesure. Les investigations menées dans le cadre de la DST étaient coutumières de cette alternance de phases paisibles puis tumultueuses. Il suffisait de le savoir, une bonne fois pour toutes.

VII

André Ormus avait reçu par un SMS l'heure et le lieu du rendez-vous avec son nouveau contact, un astrophysicien spécialiste de l'énergie noire, qui passait ses vacances dans le Gers. Les deux hommes devaient se retrouver devant les caisses d'un supermarché auscitain et le Policier était arrivé un peu en avance, ce qui lui permit d'assister à une scène surprenante : en passant du magasin par la sortie sans achat, un client fit sonner l'alarme, ce qui déclencha immédiatement l'intervention d'un vigile ; le suspect fut invité vertement à vider ses poches et même sommé d'enlever illico son pantalon car le garde pensait que l'origine de la sonnette antivol était située à la hanche gauche du consommateur interpellé sans ménagement ; et le vigile avait vu juste : l'alarme s'était effectivement déclenchée à cause d'une puce intégrée à une étiquette que le client avait omis de découdre après l'achat de son froc. Sauf que le dit pantalon avait été acheté plusieurs semaines auparavant... Et que le falzar sur les chevilles, en public, semblait du coup particulièrement ridicule et inutile. Humiliant.

Heureusement arriva sur ces entrefaites l'un des responsables du grand magasin, qui a clos l'incident en offrant un bon d'achat de cent euros à la victime de cette pantalonnade. Dans l'histoire, personne n'avait tort, ni le pseudo voleur ni le vigilant vigile, hormis, pensa André Ormus, le caractère impitoyable des RFID : les étiquettes de l'Identification par Radio Fréquence ne laissaient rien passer et telle était la responsabilité qui leur était confiée. Est-ce que Georges

Simenon, l'écrivain génial de l'univers policier, aurait pu bâtir un roman à partir de cette anecdote ? Oui, certainement.

André Ormus, pour sa part, n'eut pas le loisir d'épiloguer sur cet épisode ordinaire des relations humaines dans le monde marchand : son correspondant venait d'arriver.

Ils se serrèrent chaleureusement la main puis se dirigèrent vers la cafétéria du centre commercial. Ils s'installèrent à une table, commandèrent des cafés puis très rapidement en vinrent à l'objet principal de leur rendez-vous auscitain, une mise au point sur la cause principale de l'accélération de l'expansion de l'univers.

- Le phénomène n'est pas nouveau, précisa le scientifique au Policier, puisqu'il dure depuis plusieurs milliards d'années, soit longtemps avant votre entrée à la DST. Six milliards d'années après le big-bang, pour être précis.

- Effectivement, ce n'est pas vraiment un scoop, acquiesça André Ormus.

- Je vais faire simple, promit son interlocuteur. Si vous voulez, l'univers est plat et les trois quarts de son contenu en masse et énergie de l'univers sont inconnus. Ce que nous, les astrophysiciens, appelons la matière noire. Et l'étude, fort complexe je le reconnais, de celle-ci prouve indubitablement que notre univers est en expansion croissante. La modélisation numérique de nos recherches ne laisse aucun doute à ce sujet.

Le scientifique, pour confirmer ses dires, montra à André Ormus un graphique informatique totalement incompréhensible sur son téléphone portable.

- Vous voyez, là, ces courbes exponentielles ? C'est la preuve. Je sais que ce n'est pas évident à comprendre pour un néophyte car cela fait intervenir la notion d'espace/temps. Mais vous pouvez me croire sur parole.

- Pas de souci. Mais quelle est la nature physique de cette énergie noire ?

- Nous ne le savons pas encore. Selon le professeur toulousain Alain Blanchard, c'est quelque chose qui a « la saveur, la couleur, l'odeur de la constante cosmologique d'Einstein ». Cela vous dit quelque chose ?

- Non, mais cela n'a aucune importance, répondit le Policier. Je ne suis pas vraiment un spécialiste de la physique quantique. Concrètement, que peuvent apporter de positif au genre humain ces trouvailles astronomiques ?

- Il est beaucoup trop tôt pour le dire ! Mais nous devons tous être optimistes. Savez-vous que lorsqu'une étoile naît, elle fait un trou dans son cocon stellaire ? Un trou rempli de vide.

- Ce qui signifie ?

- Que le néant équilibre l'univers. Tout simplement.

VIII

Le vide était-il assimilable au néant ? Se demanda André Ormus en regagnant le centre-ville d'Auch après son rendez-vous avec le brillant astrophysicien toulousain. Il s'interrogeait aussi sur les rendez-vous successifs que lui prenait son service, par l'intermédiaire de SMS reçus sur son téléphone portable, avec tous ces types brillants mais abscons et il avait du mal à discerner la progression de son enquête par cette série d'entretiens. Et ce n'était pas fini : il se dirigeait maintenant vers le domicile d'un ingénieur auscitain, dont le laboratoire était discrètement situé rue des Pénitents Bleus, au cœur de la vieille ville. En entamant la descente par la rue Dessoles où, enfant, il se rendait, émerveillé, dans son magasin de jouets préféré, il aperçut un homme et une femme s'embrasser devant la devanture d'une boutique de bandes dessinées, un couple amoureux à la Robert Doisneau et ce bonheur exhibé le rendit presque triste. Non pas jaloux, car ce n'était pas son tempérament, mais mélancolique ; car si par son métier il était indéniablement un homme curieux, un chercheur, qu'en était-il de sa personnalité, sa sensibilité ? Ses blessures, ses forces, ses failles, tout ce qui pouvait constituer une personnalité marquante, à laquelle une femme pouvait s'attacher, étaient soigneusement rangées dans un coffre-fort blindé. Cette protection professionnelle obligatoire faisait de lui un solitaire invétéré ce qui, quelque part, était déshumanisant. Mais il n'était pas possible de tout réussir.

Balayant ses doutes, le Policier continua à progresser dans la rue auscitaine, arriva à une petite place puis s'engagea dans la ruelle où demeurait son nouvel interlocuteur. Celui-ci l'attendait comme prévu et après les salutations d'usage, le fit entrer dans son laboratoire, qui occupait une bonne partie de sa maison.

- Pourquoi êtes-vous installé à Auch ? lui demanda André Ormus. Cette ville est charmante mais un peu éloignée des grands centres français de recherche scientifique comme Toulouse, Paris, Marseille ou Lyon...

- Mais tout simplement parce que je suis né ici, lui répondit l'ingénieur. Nous sommes heureux à Auch. Et avec internet, la communication n'est plus vraiment un problème, en tout cas dans mon domaine.

- Et bien, justement, je suppose que je suis ici pour en parler avec vous : sur quoi travaillez-vous ?

- Le RepRap !

Le chercheur avait répondu d'une voix forte, presque triomphale et cette affirmation courte semblait pratiquement devoir se passer de tous commentaires. André Ormus se permit cependant d'insister pour obtenir quelques précisions :

- Je vous en félicite mais pouvez-vous m'en dire plus ?

- Je suis pratiquement en train de terminer la version 1.0 du RepRap qui, comme son nom ne l'indique pas vraiment, vise à créer une machine en grande partie auto réplicative. Imaginez une imprimante 3D auto réplicative libre (c'est-à-dire sans brevet, et dont les plans sont dans le domaine public). Cette machine pourrait être utilisée pour fabriquer des prototypes de pièces ou d'objet, et ceci de façon rapide, mais pour l'instant uniquement en plastique. Vous comprenez ce que je vous dis ?

- Pas tout à fait...

- C'est pourtant simple : c'est une imprimante 3D capable de fabriquer des objets en trois dimensions à partir d'un modèle conçu par ordinateur. L'« autoréplication » consiste en la capacité à reproduire les composants nécessaires à la construction d'une copie de soi-même. Cette faculté permet d'envisager la distribution massive à faible coût d'unités RepRap ; tout le monde ou presque pourra ainsi créer ou télécharger sur internet des objets complexes sans devoir faire appel à des infrastructures industrielles nécessitant des investissements lourds et onéreux. Le RepRap pouvant s'auto répliquer exponentiellement, cette technologie va devenir incontournable dans les prochaines années.

- Si ce procédé est génial et économiquement valable, pourquoi n'est-ce pas déjà le cas ?

- Nous n'en sommes qu'à la première version, comme pour les logiciels informatiques. Et il existe quelques difficultés à régler. Par exemple, ma machine n'est actuellement en mesure de produire que des pièces de petite taille en plastique ou leur équivalent, des polymères... Et s'il vous faut du métal, par exemple pour conduire le courant ou fabriquer un moteur, si la machine que vous souhaitez nécessite des composants électroniques, vous devez encore les acheter ou bien les produire avec d'autres machines... Le RepRap n'est par conséquent pas entièrement autosuffisant. Il se compose uniquement de parties inertes et pour l'heure il est limité à la fabrication de sa structure. Mais comme je vous l'ai déjà dit, nous n'en sommes qu'au début de nos recherches. L'avenir est à nous... Et au RepRap !

- Et si la machine s'emballe ? Et si elle s'aperçoit à un moment donné qu'elle n'a plus besoin de l'être humain et qu'elle décide par conséquent de l'éliminer de la surface du globe terrestre ?

- Vous avez trop vu de films de science-fiction américains ! Cette hypothèse n'a aucun sens scientifiquement, elle est tout simplement impossible, inimaginable sauf dans le cerveau anxiogène d'un écrivain. Et croyez-moi, l'époque n'est plus à la littérature, mais au progrès rapide et à la rentabilité maximale.

André Ormus accepta poliment l'offrande d'une jolie petite brochure explicative et confidentielle sur les tenants et aboutissants du RepRap puis prit congé aimablement. Il eut grand plaisir à retrouver les rues charmantes du vieil Auch, dont il n'avait pas encore été envisagé de dupliquer à l'infini les pierres blanches séculaires de l'architecture élégante et classique, héritée des constructeurs du monde médiéval.

IX

André Ormus ne put garer sa voiture à proximité immédiate de la bibliothèque municipale en raison des règles drastiques de stationnement qui avait été imposées dans la ville de Lectoure. Il avait reçu un SMS de l'une des bibliothécaires, qui avait demandé à le voir en urgence.Il prit plaisir à marcher dans la rue principale, ce qui lui rappelait de bons souvenirs. La superbe cathédrale continuait à surplomber le décor légèrement suranné mais toujours vivant de l'ancienne capitale du comte d'Armagnac. Puis il s'engouffra dans la ruelle qui descendait brusquement vers la médiathèque, poussa la petite grille donnant accès au jardin au fond duquel était posé le cube intelligent qui contenait les livres de la ville. Il ouvrit la porte du bâtiment de pierres blanches et aperçut immédiatement son interlocutrice, en train d'enregistrer sur son ordinateur de bureau les trois ouvrages empruntés par un lecteur lectourois. La jeune femme avenante lui sourit puis d'un geste de la main lui indiqua la direction de la salle principale, où il comprit qu'elle allait rapidement le rejoindre pour entamer la discussion proposée par l'intermédiaire d'un message électronique sur son téléphone.

Le Policier se mit à regarder les bouquins sagement rangés dans les rayonnages des étagères. Toutes ces histoires, tous ces mots écrits puis emmagasinés, comme ensommeillés, en attendant d'être réveillés par un lecteur... Cette imagination humaine sans limites qui tapissait les murs était fascinante ; la civilisation du livre, issue du Judaïsme, avait produit de beaux fruits. Comme nombre de ses collègues, André Ormus était un littéraire et somme toute, son métier consistait à rédiger la noirceur de la nature humaine. Cette tâche transformait le flic vieillissant en un type qui se foutait à peu près de tout, sans cynisme mais sans illusions.

Il n'eut même pas le temps de sortir l'un des livres que surgit la bibliothécaire. Il savait que les nanas qui travaillaient dans cette bibliothèque se battaient comme des lionnes pour faire vivre la culture dans ce petit coin de la Gascogne profonde. Le décor architectural magnifique et l'ambiance de Lectoure invitaient certes à cette ambition culturelle mais il fallait reconnaître les grands mérites de cette équipe féminine.

- Merci d'être venu si vite, dit-elle.
- C'est normal, répondit André Ormus. Je sais que tu es une fille sérieuse et que tu ne me déranges pas pour rien. Que deviens-tu ?
- Je prépare un immense autodafé. Détruire par le feu tous ces ouvrages de papier encombrants pour les remplacer par des livres numériques. Une grande salle blanche, chauffée l'hiver, climatisée l'été, avec un fonds musical neutre comme dans les supermarchés et les ascenseurs, et une batterie d'écrans informatiques, des petites souris de toutes les couleurs, au moins les premières années, avant l'arrivée des écrans tactiles. Tel un phénix, ma bibliothèque renaîtra de ses cendres pour offrir virtuellement toute la culture mondiale, que mes futurs lecteurs posséderont au bout de leurs doigts.
- Mais tes lecteurs disparaîtront d'ici, ils le feront directement de chez eux, tu es foutue...
- Et bien, je deviendrai une reine sans royaume, la générale d'une armée de livres morts...

- ... Que tu veux réduire en cendres...
- Alors je déclamerai des poèmes, seule au milieu d'une bibliothèque vidée de son sens.
- C'est jouable, estima André Ormus.

La jeune femme l'invita à s'asseoir sur une chaise puis alla préparer à une machine deux cafés qu'elle posa sur la petite table ; elle s'assit à son tour, touilla son breuvage, perdue dans ses pensées, semblant oublier qu'elle avait fait venir jusqu'à Lectoure l'un des flics de choc de la DST. Ce dernier, patient voire placide, tranquille et paisible, attendait sagement qu'elle voulût bien reprendre la parole. Au bout de quelques instants, elle ajouta d'une voix douce :
- De toute façon, le livre numérique est une impasse... Il facilite la censure, regarde ce qui est arrivé au dessinateur de presse Mark Fiore : son application a été refusée sur le téléphone portable au motif d'un contenu « pornographique, obscène ou diffamant » ; pourtant, il ne s'agissait que de caricatures !
- Le patron de la compagnie téléphonique a finalement cédé. Et le même risque de conformisme existait du temps de l'imprimerie ; combien de pamphlétaires français, à l'époque des rois de France, ont dû faire imprimer leurs œuvres en Hollande à cause de la censure ? Et combien de livres sont morts avant même d'avoir existé à cause de la pensée unique ? plaisanta André Ormus.
- D'accord, rétorqua la bibliothécaire, mais la puissance technologique décuple cette capacité de censure. Les fichiers informatiques des livres que les clients pensent acquérir sont généralement incompatibles d'une machine à une autre, ils sont verrouillés et par conséquent intransmissibles. Alors que

quand nous achetons un livre imprimé, nous pouvons le prêter avec nos amis, le donner à nos enfants. Ceci est impossible avec le livre numérique. Quelle bibliothèque pourrons-nous transmettre à nos descendants ? Une bibliothèque virtuelle certainement ; tellement virtuelle qu'elle sera vide de tout livre ! Exactement comme nos collections musicales ou ma future bibliothèque municipale !
- La véritable fin des Beatles et des Rolling Stones...
- Mais oui ! Quant aux éditeurs et aux libraires, leurs métiers seront dilués dans les plateformes de distribution des livres numériques. L'écrivain se retrouvera seul face à son écran, comme un type abandonné sur une plage déserte, le regard noyé dans l'océan infini. Et son livre ne sera plus qu'une bouteille lancée sans espoir à la mer.
- Tu lis trop de livres... Ta vision est trop littéraire ! Et trop pessimiste. Ce chambardement est peut-être l'aurore d'une nouvelle culture électronique, universelle et créatrice. Quel est le but du livre ? Faire passer du temps aux gens en leur racontant une histoire. Comme une rivière qui sort de son lit, l'écrit s'est émancipé de la couverture livresque pour occuper l'espace public d'internet, avec une capacité accrue de recherches textuelles et de diversité culturelle, positive pour la liberté d'expression et la qualité du débat d'idées. Certes, ce bouleversement technologique remet en cause les clergés et les marchands du savoir et il existe un risque pervers de commercialisation de l'intelligence. Mais on peut également espérer une progression collective de la pensée humaine.
- Une progression collective de la pensée humaine grâce à Internet ? Tu rêves ! Nous assisterons à une normalisation périlleuse des idées et des désirs, à cause de la surveillance technique et efficace inhérente à ces systèmes de diffusion. Ce

n'est pas moi toute seule, bibliothécaire de Lectoure, qui suis foutue, c'est nous tous, amis des arts et des lettres, qui sommes menacés ! La littérature et les lecteurs sont les premières victimes de Big Brother, c'est logique. Bientôt, nous ne mettrons plus de livres dans nos caddies, je te le dis !
- Oui, nous les aurons déjà téléchargés sur nos tablettes électroniques puis, plus tard, directement dans la puce électronique greffée sur notre cerveau - la même qui sert actuellement pour nos téléphones portables -. On n'arrête pas le progrès. Il faut s'adapter pour survivre. C'est le sempiternel combat de l'humanisme.

Sur ces belles paroles, André Ormus finit de boire sa tasse de café puis interrogea la bibliothécaire :
- Au fait, que voulais-tu me dire ? Tu ne m'as pas fait venir à Lectoure uniquement pour me confier tes angoisses sur ton avenir professionnel ? Est-ce que moi je m'inquiète de la perspective de devenir un flic moderne, comme ce Terminator des films américains, ou bien chinois, ou pire, un policier de la foi religieuse, quelle qu'elle soit ? Non ! Alors, comme le chante Bobby McFerrin, ne t'en fais pas, sois heureuse, et n'oublie pas qu'il s'agit là d'une chanson a cappella, ce qui nous rappelle que l'être humain peut toujours se passer d'un instrument. Bref, tu as une révélation à me faire ?
- On peut le comprendre ainsi, affirma la jeune femme.

Elle se tut quelques longues secondes, comme pour donner de l'importance à ce qu'elle allait annoncer ou bien réfléchir aux mots qu'elle allait exactement prononcer ; puis :
- Tu as entendu parler de la prophétie des septante ?

- Ah non, pas du tout ! Tu sais bien que je suis un rationaliste, les superstitions ne m'intéressent pas vraiment !
- Là n'est pas le problème... Je t'explique. Dite prophétie des septante, la prophétie des 70 semaines de Daniel est, de loin, la plus importante prophétie de l'Écriture concernant la fin des temps. De nombreux érudits, dont Isaac Newton, ont tenté en vain de résoudre le véritable puzzle représenté par cette énigme.
- Tu es devenue une intégriste catholique ? s'inquiéta André Ormus.
- Mais non ! Et toutes les religions génèrent des illuminés qui s'égarent dans des méandres abscons et ésotériques. Même tes amis francs-maçons ont leurs Illuminati. Et en ce qui me concerne, je suis très éloignée de la crise mystique, ne te fais pas de souci. Par contre, ce n'est pas le cas de tout le monde à Lectoure...
- Que vas-tu me révéler, chère amie ? Il existe une Loge maçonnique à Lectoure ?
- Cela se murmure, oui, et depuis bien longtemps. Mais je te parle d'autre chose...
- Tu ne me parles de rien du tout ! Cela fait cinq minutes que tu me tiens des propos mystérieux, sans rien m'apprendre, c'est frustrant ! Va au but, s'il te plaît !
- Ne sois pas impatient, ce que j'ai à te dire est assez confus et incroyable, j'ai eu du mal à démêler le vrai du faux et cette histoire semble tellement absurde que j'ai du mal à la raconter, je n'ai pas envie de passer pour une folle...
- Une folle, sans doute pas, mais si tu continues, une casse-pieds, oui, certainement !
- Écoute, la semaine dernière, une délégation de sept personnes, quatre femmes et trois hommes, est venue à

Lectoure. Des gens de nationalités diverses : français, italien, chilien, portugais, hollandais, ivoirien et serbe. Je le sais car ils ont longuement parlé avec moi lorsqu'ils sont venus à la bibliothèque. Et ils cherchaient des ouvrages anciens, tant ici qu'aux archives municipales, sur cette fameuse prophétie des septante. Évidemment, ici, personne ne connaissait cette histoire et je n'ai à ma connaissance aucun livre sur ce thème dans le fonds de ma bibliothèque, j'ai eu beau interroger ma base de données, je n'ai rien trouvé, ce qui a semblé les contrarier énormément.

- Lectoure est une étape importante du chemin de St Jacques de Compostelle, il n'est donc pas étonnant que tu vois apparaître régulièrement dans ta ville des pèlerins chrétiens aux préoccupations diverses et variées, affirma André Ormus.

- Il ne s'agissait pas de pèlerins, mais d'un groupe de chercheurs qui se disaient envoyés par le Vatican. Ils m'ont même montré une lettre de mission à en-tête pour justifier leurs recherches. Bref, comme je n'arrivais pas à les aider, ils sont repartis très contrariés en disant qu'ils allaient chercher eux-mêmes dans la cathédrale de Lectoure. Effectivement, ils sont entrés tous les sept dans l'église.

- Et alors ? Ils ont découvert quelque chose ?

- Je n'en sais rien ! Car s'ils ont bien pénétré dans la cathédrale, il est un fait aussi qu'ils n'en sont jamais ressortis ! Je les avais accompagnés jusqu'à l'entrée de l'édifice religieux car ils avaient piqué ma curiosité et je m'étais dit qu'il serait intéressant de recueillir grâce à eux de nouveaux éléments sur l'histoire de Lectoure. J'ai attendu longtemps…

- Combien de temps ?

- Une heure environ. Et ne les voyant pas ressortir, je suis entrée à mon tour dans la cathédrale. Surprise, ils avaient disparu. L'église était absolument vide !

- Il n'existe pas tout simplement deux sorties ? Il me semble qu'il y a une porte plus petite du côté de la rue nationale.

- Non, elle était fermée, j'ai vérifié. Seule l'entrée principale, sur la place de la Mairie, était ouverte.

- Ou alors un souterrain ?

- Il n'y en a pas.

- Alors c'est un miracle, pouffa de rire le Policier.

- André, ne te moque pas de moi ! Je ne suis pas une vieille bigote esseulée victime d'illuminations. Ce que je te raconte est l'entière vérité ! La délégation vaticane a disparu à l'intérieur de la cathédrale de Lectoure en cherchant la prophétie des septante ! J'en suis témoin.

- Tu as prévenu les Gendarmes de Lectoure ?

- Non, je n'ai pas osé. Ces visiteurs disparus n'ont commis aucune infraction, après tout. Et puis, j'avais peur d'être prise pour une idiote. J'ai préféré t'appeler puisque je sais que tu as déjà mené ce genre d'enquêtes bizarres.

- Je te remercie de penser à moi pour les trucs tordus... Enfin, si cela peut te rassurer, nous pouvons aller ensemble faire un tour dans la cathédrale, peut-être trouverons-nous leurs ossements... Ou bien une trace de leur soucoupe volante...

- Tu ne prends rien au sérieux ! Cela dit, oui, j'aimerais bien y retourner avec toi. Je préviens ma collègue que je m'absente un petit moment et nous y allons.

Quelques instants plus tard, l'homme et la femme pénétraient dans la cathédrale, vide hormis eux de toute présence humaine. Comme deux touristes lambda, ils firent le tour du chœur mais ne remarquèrent rien d'anormal. André Ormus eut alors une idée ; il sortit son téléphone portable de sa poche et se mit à pianoter quelques mots-clefs sur le clavier virtuel de son téléphone ; apparemment satisfait de ce qu'il avait trouvé sur internet, il fit signe à la bibliothécaire de le suivre ; il l'entraîna vers le chœur de la cathédrale, qui était éclairé dans sa partie supérieure par neuf fenêtres ogivales, dont trois, celles des pans terminaux, présentaient des vitraux à personnages ; au milieu de la verrière latérale gauche, apparaissait Daniel, jeune, raide, immobile et vu de face, avec une chevelure à bandeaux et un manteau rouge, le bras droit tendu comme la corde de l'arc de cercle décrit par son phylactère ; et dans ce morceau de parchemin pouvaient se lire les premiers mots sur les deux semaines de la prophétie des septante.

- Tu vois, dit André Ormus à sa coéquipière, nous ne sommes pas venus pour rien. La prophétie des septante est bien invoquée dans la cathédrale de Lectoure. Et comme il se doit, par Daniel, l'un des grands prophètes de la Bible hébraïque dite Ancien Testament.
- Et qui est ce Daniel ?
- C'est l'un des personnages de la Genèse, cité dans *le livre de l'Apocalypse*. Il est enterré en Iran. Victor Hugo a raconté dans *La Légende des siècles* la fameuse histoire de Daniel dans la fosse aux lions. *Le Livre de Daniel* qui lui est attribué et décrit des événements se déroulant de la captivité du peuple juif à Babylone, figure parmi les Ketouvim pour le judaïsme. Il est également, selon l'ordre canonique de l'Église catholique, le dernier des quatre grands prophètes.

André Ormus fit apparaître une nouvelle page internet sur son téléphone portable puis continua ses explications :

- La troisième de ses quatre célèbres prophéties concerne les soixante-dix semaines d'années. Il s'agit d'une vision dans la première année du règne de Darius I, qui concerne l'histoire de l'ancien Israël et de Juda et l'histoire de Jérusalem. Elle consiste en une méditation sur la prédiction du prophète Jérémie que la désolation de Jérusalem durerait soixante-dix ans, une longue prière de Daniel afin que Dieu restaure Jérusalem et son temple, et une explication de l'archange Gabriel qui indique une future restauration par un messie chef.

- Quel rapport avec la cathédrale de Lectoure ? s'interrogea la bibliothécaire.
- À mon avis, aucun, si ce n'est sa représentation dans un vitrail sur l'histoire religieuse du catholicisme. Et mes premières recherches ne livrent a priori pas grand-chose sur l'interprétation de cette prophétie des soixante-dix semaines. En tout cas, ceci ne nous éclaire pas du tout sur la venue d'émissaires du Vatican dans cette ville gersoise, et encore moins sur leur disparition mystérieuse. Il faut continuer à chercher.

Avec son téléphone, le Policier prit une photographie du vitrail représentant Daniel ; puis ils sortirent de la cathédrale sans dire un mot, comme pris au jeu troublant de cette image sur un vitrail du XIXe siècle d'une bride de prophétie apocalyptique suffisamment importante pour avoir causé l'absence soudaine et étrange de sept personnes.

Alors qu'ils marchaient, toujours silencieux, sur le parvis de la cathédrale, ils entendirent soudain une violente explosion qui les fit sursauter, de même que tous les passants qui déambulaient alors dans l'artère principale de Lectoure. Comme tous les badauds en de telles circonstances, ils se dirigèrent aussitôt vers l'endroit d'où était venu le bruit de cette explosion ; ce n'était pas très loin, à quelques dizaines de mètres à l'arrière de la cathédrale, le long de la place du Bastion d'où il y avait un magnifique point de vue sur la chaîne pyrénéenne.

C'était l'une des voitures garées contre la murette qui entourait la place du kiosque à musique qui avait sauté, endommageant au passage d'autres véhicules. Heureusement, personne n'avait été blessé. Quant à la voiture qui avait été détruite, ce n'était probablement pas un hasard, puisqu'il s'agissait de celle aimablement prêtée par les Renseignements Généraux à André Ormus pour qu'il pût mener son enquête. Visiblement, ces investigations ne plaisaient pas à tout le monde et elles commençaient à déranger. Le tout était maintenant de savoir qui...

X

André Ormus n'était pas convaincu par cette piste sur la fin des temps. Était-ce une fausse piste, dans l'air du temps de ce catastrophisme neurasthénique qui envahissait les esprits ?

Les Gendarmes lectourois étaient sympathiques et d'une certaine façon contents de ce qui venait d'arriver : le premier attentat à la voiture piégée à Lectoure ! Pas de victimes et un événement extraordinaire qui allait durablement marquer les esprits de cette paisible bourgade gasconne. Certes, ils avaient été immédiatement dessaisis de l'enquête car il s'agissait d'un acte terroriste et à la demande du Juge, ils s'étaient contentés d'effectuer les premières constatations. Mais leur énergie à sécuriser la zone où se trouvait l'épave de la voiture montrait qu'ils prenaient l'affaire au sérieux et c'était bien normal.

André Ormus laissa son amie bibliothécaire leur donner quelques éléments sur les circonstances étranges de cette explosion et demanda à être conduit à Auch. Il allait falloir expliquer aux Renseignements Généraux qu'ils avaient perdu un véhicule et qu'ils devaient lui en prêter un autre ce qui, en ces temps de rigueur budgétaire, n'allait pas être simple.

Le commandant de la Gendarmerie de Lectoure désigna une Gendarmette bien roulée et rigolote qui se mit au volant de son estafette bleue marine et le Policier de la DST s'installa à la place passager. Comme elle savait où il travaillait, elle n'essaya même pas de lui tirer les vers du nez et ils entamèrent une discussion chaleureuse sur la douceur de vivre dans le

Gers - l'explosion de la voiture à Lectoure constituant l'exception qui confirmait cette règle -.

Arrivé au centre-ville d'Auch, André Ormus descendit de l'estafette militaire en remerciant chaleureusement la Gendarmette ; ils se promirent de se revoir et échangèrent leurs numéros de téléphone portables. Le Policier se rendit directement jusqu'à la maison de son ami auscitain, dont il avait les clefs ; il avait besoin de souffler un peu et de se reposer. Son hôte était absent de chez lui ; pour se distraire, il alluma la télévision et regarda les émissions régionales Midi-Pyrénées ; était diffusé un reportage sur Angelita Bettini, qui avait commis le premier acte de résistance à Toulouse, le 5 novembre 1940 : elle avait lancé des tracts sur le cortège du maréchal Pétain. Elle fut arrêtée, interrogée par la police spéciale, emprisonnée à la maison d'arrêt St Michel, jugée et condamnée à la prison avec sursis... Mais pourtant internée au camp du Récébédou, puis successivement à Rieucros, Brens et Gurs : en tout, elle subit 44 mois d'internement. Au camp de Brens, en septembre 1942, elle essaya avec des camarades de s'opposer à la déportation de leurs compagnes juives. Elles attaquèrent les gardes mobiles, sans armes bien sûr, elles les griffèrent, elles les mordirent, elles leur donnèrent des coups de poing. En représailles, elles furent elles aussi déportées... Un destin héroïque dans une période sombre de l'histoire de France. À la DST, qui avait été créée par les milieux gaullistes de la Résistance après la seconde guerre mondiale, on restait attentif, aujourd'hui encore, à cette problématique et cela convenait fort bien à André Ormus.

Puis le Policier regarda attentivement la photographie du vitrail lectourois sur le prophète Daniel, qu'il avait prise dans la cathédrale ; il n'était pas assez calé en art sacré pour analyser ce portrait religieux, qu'il envoya par messagerie à son Service pour demander d'éventuelles précisions.

En retour, il reçut sur son téléphone portable un mémo consacré à « l'Association réparatrice Antimaçonnique ». Placée sous la responsabilité des Capucins de Morgon, installés dans le Couvent Saint-François près de Lyon, cette ancienne confrérie, approuvée par l'église au XIXe siècle, « mériterait d'être mieux connue et surtout relancée. Elle fut instituée suite à une révélation privée de Notre-Seigneur Jésus-Christ à une tertiaire franciscaine, Jeanne Baillet, en janvier 1873, alors qu'elle priait à Notre-Dame de Paris : « Ce que je désire, c'est que de bons prêtres, par l'offrande du très saint Sacrifice de la Messe, fassent réparation à la très sainte Trinité des outrages qui lui sont faits dans ces réunions criminelles. Qu'ils s'unissent trois par trois pour honorer par cette union, l'adorable Trinité, si indignement outragée. Par cette réparation je m'engage à anéantir ces sociétés impies. » Le confesseur de cette Jeanne Baillet, avec l'accord des supérieurs de l'Ordre capucin, étudia la communication de sa pénitente, puis fonda un comité directeur avec l'accord de l'autorité ecclésiastique.

Le cardinal Guibert approuva les statuts de l'association, et la plaça sous le patronage de saint Michel. En janvier 1875, le Pape Pie IX accorda un bref d'approbation dont voici un extrait : « ... Nous pensons donc devoir recommander le projet que vous avez formé d'apaiser Dieu offensé par cette société impie qui, dans ses antres surtout, l'accable d'insultes et de blasphèmes; de demander en même temps au Seigneur la destruction de la secte et la conversion de ceux qui en font partie, et pour cela, de former ; avec la permission de l'autorité ecclésiastique, une société dont les membres, s'ils sont prêtres, s'unissent par trois, pour offrir chaque jour le saint Sacrifice de la Messe à la sainte Trinité, et, s'ils sont laïques, cette triple communion. Nous nous réjouissons d'apprendre que cette société, à peine formée, a déjà reçu une grande extension. Nous lui en souhaitons une plus considérable encore... ». Un autre Pape, Pie X a accordé à tous ses membres la bénédiction apostolique.

Les statuts de cette « Association réparatrice Anti-maçonnique » stipulent notamment que « les prêtres associés offriront le très saint Sacrifice de la Messe, une ou plusieurs fois par semaine ou par mois, aux jours déterminés par eux à l'instant où ils se feront inscrire. Ceux qui ex officio ou autrement, ne pourraient, au jour fixé, offrir la sainte Messe dans l'unique intention de l'association, la porteraient comme intention secondaire et offriraient comme complément leurs mérites de la journée en esprit de sacrifice, de réparation et d'expiation. Les membres des communautés religieuses et les laïques feront la sainte communion aux intentions précitées, une ou plusieurs fois par semaine ou par mois, aux jours déterminés par eux en se faisant inscrire. Celui qui, au jour fixé, n'aurait pas fait la sainte communion ou célébré la sainte Messe, s'acquitterait de ce devoir aussitôt que possible. »

Le mémo envoyé par le service documentation de la DST se terminait par cette phrase : « Espérons que de nombreux prêtres et fidèles reprendront cette pratique d'actualité. » Bien entendu, il ne s'agissait pas d'une appréciation de son service de renseignements, mais de la preuve que des milieux catholiques intégristes persistaient de nos jours encore dans un antimaçonnisme désuet et haineux. Et ils n'étaient pas les seuls puisque circulait également sur internet une « Fatwa concernant l'appartenance au mouvement franc-maçon, par le comité des grands savants », édictée à La Mecque en 1978 par des juristes religieux musulmans : « La louange est à Allah et la prière et le salut sur le Messager d'Allah, sur sa famille, ses Compagnons et ceux qui ont suivi sa guidée : L'Assemblée de jurisprudence dans sa première session qui s'est tenue à la ville sainte de La Mecque le 10/8/1398, a étudié le dossier de la franc-maçonnerie et ceux qui y adhèrent et la position de la loi islamique concernant ceci. Les membres de l'Assemblée de jurisprudence ont effectué une étude approfondie sur cette dangereuse organisation, et ils ont examiné attentivement tout ce qui a été écrit de récent ou d'ancien sur cette organisation, ainsi que ce que ses membres et ses chefs ont publié comme documents, livres ou articles dans les magazines qui parlent en leur nom. Attendu ce qui a été examiné comme textes et écrits, il s'est dégagé lors de cette assemblée d'une façon nette et précise sans aucun doute les conclusions suivantes :
- La franc-maçonnerie est une organisation secrète qui tantôt se cache et tantôt se dévoile suivant les circonstances de temps et de lieu. Cependant, les principes de bases sur lesquels elle s'est fondée sont un mystère sur tous les plans, que nul ne peut connaître même ses membres, sauf peut-être

les plus initiés d'entre eux, qui sont assignés au plus haut rang dans cette organisation.

- Cette organisation a établi une relation entre ses membres dans tous les coins du monde, sur un principe qui sert de paravent pour tromper les ignorants. Ce principe est une prétendue fraternité entre tous les adhérents de cette organisation sans distinction de religion, croyance ou doctrine.

- Elle attire des personnalités très importantes qui la rejoignent par intérêt personnel, et aussi grâce au fait que tout frère franc-maçon est à la disposition de son frère franc-maçon dans chaque coin du monde, l'aidant dans ses besoins, ses objectifs et ses problèmes, l'aidant à atteindre ses objectifs surtout s'il a des ambitions politiques. Il lui dévoue également son aide dans les situations critiques quelque soit leur ampleur, que leur cause soit vraie ou fausse, qu'il ait tort ou qu'il ait raison. Ceci représente le plus grand atout par lequel cette organisation attire les gens de différentes catégories sociales vers elle en leur imposant des cotisations énormes.

- Une cérémonie est organisée avec protocole en l'honneur de chaque nouveau membre pour l'impressionner, et afin qu'il voue une obéissance totale à cette organisation, qu'il ne désobéisse pas aux ordres des supérieurs.

- Les membres ordinaires sont laissés libres de leur culte, et l'organisation profite d'eux dans les domaines qui servent leurs intérêts, et ceux-là restent au bas de l'échelle. Pour ce qui des athées parmi eux et ceux qui ont opté pour renier toute croyance, ils sont destinés aux plus hautes fonctions, mais ils seront soumis à des multiples expériences selon leurs capacités et leurs dispositions à se dévouer aux plans et aux principes de cette organisation.

- L'organisation a des objectifs politiques, et elle est impliquée de façon visible ou invisible dans la plupart des bouleversements politiques ou les coups d'État militaires.

- Cette organisation dans son origine, sa structure, et sa direction générale mondiale est contrôlée par les Juifs et a des activités sionistes.

- Son objectif réel et secret est d'être contre toutes les religions, et elle agit pour les détruire toutes d'une manière générale et pour détruire l'Islam dans l'esprit des musulmans en particulier.

- Elle tient à choisir ses adhérents parmi les personnalités les mieux placées sur le plan financier, politique, social, scientifique ou autre, pour exploiter leurs situations à sa faveur. Par contre, elle ne donne aucune importance aux simples adhérents qui ne jouissent d'aucune situation exploitable ; c'est pour cette raison que cette organisation tient beaucoup à ce que ces membres soient des présidents, des ministres ou des cadres importants dans les différents États.

- Elle possède des ramifications dans le monde sous des noms différents pour détourner les regards et tromper les gens. Cela lui permet d'exercer ses activités sous ces multiples noms si elle rencontre quelques oppositions à son vrai nom de franc-maçonnerie. Ces noms sous lesquels elle existe sont : Organisation noire, le Rotary Club ou encore le Lions' Club. Elle possède encore d'autres principes et activités malfaisantes qui sont en totale contradiction avec les principes fondamentaux de l'islam.

- Enfin, il apparaît clairement à l'Assemblée qu'il existe une relation entre la franc-maçonnerie et le sionisme. En outre, cette organisation a réussi à contrôler les décisions d'un grand nombre de chefs d'État des pays arabes au sujet de l'affaire de la Palestine. Elle les empêche d'assumer leurs devoirs vis-à-vis de cette grande cause islamique, dans l'intérêt des Juifs et du sionisme international.

- Sur la base de tout ce qui a été dit et sur d'autres faits concernant les activités de la franc-maçonnerie, son grand danger et ses objectifs vicieux, l'Assemblée de jurisprudence a déterminé que la franc-maçonnerie fait partie des organisations les plus dangereuses et les plus destructrices pour l'Islam et les musulmans. D'autre part, celui qui adhère à cette organisation tout en connaissant sa réalité et ses objectifs, est considéré comme mécréant, et non pas comme musulman. »

André Ormus, qui était un franc-maçon serein et libre, ne pouvait que sourire en lisant de telles assertions qui émanaient de façon similaire des milieux extrémistes catholiques et musulmans. Cela étant, ce n'était pas lui ou ses engagements personnels qui étaient en cause ; il était là dans le cadre d'une enquête complexe, qui avait démarré par un meurtre au Vatican à l'occasion de la remise d'un texte sur l'Armagnac, et ses investigations lui faisaient rencontrer des gens aux préoccupations fort diverses, y compris des terroristes qui n'hésitaient pas à faire exploser un véhicule de Police, ce qui donnait du piquant à l'affaire. Fallait-il attribuer l'attentat de Lectoure à cette « Association réparatrice Antimaçonnique » ?

Probablement pas. Le logiciel spécial de son téléphone portable, nourri préalablement de mots-clefs adéquats, continuait simplement ses recherches aléatoires, dont il envoyait les résultats au fur et à mesure. Et de ce flux de renseignements allait peut-être jaillir une piste intéressante ; de toute façon, cette technique informatique ne remplaçait pas les investigations sur le terrain que le Policier avait commencé à mener.

Et il était certain que son téléphone portable, aussi génial qu'il fût, ne serait pas capable de répondre à cette question centrale : qui avait voulu tuer André Ormus ?

XI

André Ormus n'aurait jamais imaginé trouver dans ce charmant petit village gersois une telle entreprise de haute technologie, un laboratoire extrêmement sophistiqué où il fut reçu par une femme en blouse blanche, au regard très intelligent derrière une paire de lunettes rondes de couleur bleue.

- Merci de me recevoir si rapidement, dit le Capitaine de Police.

En effet, lorsqu'il avait téléphoné à la chercheuse pour solliciter un rendez-vous, elle lui avait proposé de venir immédiatement.
- Non que je ne sois pas débordée, avait précisé la jeune femme au téléphone. Mais à mon sens, ce que j'ai à vous dire ne peut pas attendre. Il y a véritablement urgence.

Le Policier avait roulé une vingtaine de kilomètres à partir d'Auch et était arrivé tranquillement jusqu'au centre du village. D'après le plan qu'il avait regardé sur son téléphone portable, le laboratoire qui attendait sa visite se trouvait dans la rue parallèle à la mairie. La plaque vissée sur le mur lui confirma qu'il était arrivé au bon endroit.
- Vu votre profession, dit la jeune femme, vous devez être au courant d'un vol de drone à Toulouse ?
- Vous savez, à cause justement de la nature de mon travail, j'ai souvent l'impression d'être moi-même un drone, affirma André Ormus.

- Ce n'est pas mon problème, rétorqua-t-elle.

Elle n'avait pas entièrement tort. Le Policier était payé par la République Française pour ne pas avoir d'états d'âme. Elle poursuivit :
- Je vous disais donc qu'à Toulouse avait été volé comme un vulgaire autoradio un drone de très haute technologie. Le voleur a tout simplement cassé une vitre d'une voiture garée sur un parking et a dérobé le drone, une sorte de minuscule hélicoptère, posé sur la banquette arrière.
- Oui, je suis au courant, et ce n'était pas très malin de la part du chercheur.
- Le voleur non plus n'a pas été très futé puisqu'il a revendu pour un prix de 250 euros le drone à un vigile toulousain passionné d'aéromodélisme. Et comme ce dernier ne parvenait pas à faire décoller son achat, il a commencé à poser des questions techniques sur des forums internet ! Ce qui a d'ailleurs permis au chercheur de repérer sur le web son joujou scientifique, qui vaut tout de même plus de 200 000 euros, et de le récupérer, probablement grâce à vos services.
- J'allais le dire...
- Bref, si je vous raconte cette histoire que vous connaissez déjà, c'est pour une raison bien simple : il m'est arrivé la même mésaventure. Enfin, pas à moi, à l'un des ingénieurs de ma société, sur un parking d'un restaurant de la banlieue toulousaine. Il se trouvait pour un déjeuner d'affaires avec des investisseurs vietnamiens et avait laissé dans le coffre de sa voiture sa valise professionnelle avec nos échantillons.
- Et bien entendu, la valise a disparu pendant le déjeuner...
- Oui ! Sauf que là, il s'agit d'une sorte particulière de drones. Des araignées moléculaires qui ont la double particularité

d'être des nanomachines, c'est-à-dire invisibles à l'œil nu, et qui savent déceler dans leur environnement les informations nécessaires pour évoluer, grâce à leurs pseudopodes d'acide désoxyribonucléique.

- J'imagine à peu près la scène, répondit poliment André Ormus. Et peuvent-elles, comme dans ce film d'horreur de Michael Crichton, s'autorépliquer ?
- J'ai plutôt tendance à penser que non, répondit la jeune femme. Le problème, c'est que, fondamentalement, elles sont programmées pour fonctionner par un auto assemblage d'ADN. Ce sont de véritables machines moléculaires.
- Et quel est le but de ces recherches ?
- La fabrication de nouveaux médicaments. Mais nous n'en sommes vraiment qu'aux balbutiements de nos travaux. Et là, nous avons perdu le contrôle...
- Combien de ces nanomachines ont disparu ?
- 700...
- Vous êtes véritablement inquiète ?
- Pour ma société, non, pas vraiment, ce n'est pas une perte considérable, nous sommes en mesure de refabriquer très rapidement plusieurs centaines d'araignées ; nous avons d'ailleurs déjà commencé à reconstituer notre stock. Par contre, imaginer entre des mains malveillantes ou pire encore, dans la nature, ce fourmillement de nanomachines pose un réel problème qui, dans la pire des hypothèses, peut s'apparenter à une épidémie virale à très grande échelle. Et ce dans un délai inconnu : dans dix ans ou bien demain...
- Et vous comptez vraiment sur un Capitaine de la DST pour retrouver tous vos automates microscopiques ?

- En quelque sorte, oui ; mais à mon avis, il va falloir plusieurs Capitaines pour réussir cette mission quasiment impossible.

André Ormus apprécia à sa juste valeur ce clin d'œil à une célèbre série télévisée qui avait largement contribué à la dimension mythique de sa profession ; cela dit, malgré sa bonne volonté et sa conscience professionnelle, il ne voyait pas du tout comment il allait pouvoir récupérer 700 araignées qui, en outre, avaient peut-être déjà commencé à fonder une grande famille.

- Vous avez déposé plainte à la Gendarmerie de votre commune ? Demanda-t-il avec cet humour particulier qui le rendait si populaire au sein de la DST.
- Oui, bien entendu, j'ai prévenu tout le monde, sauf la presse, pour éviter une panique générale. Certes, ma société est assurée contre le vol et nos actionnaires ne nous laisseront pas tomber. Mais comme je vous l'ai déjà dit, le problème n'est pas vraiment là : il existe un risque réel de dérapage moléculaire préjudiciable pour une bonne partie du genre humain. Et cette responsabilité morale est lourde à porter. Même si je sens bien que vous me considérez comme une scientifique irresponsable et sans conscience, je vous certifie que je ne prends pas cette affaire à la légère.
- Je n'en doute pas, chère Madame. Et vous avez bien deviné que mes connaissances en la matière sont largement insuffisantes. Peut-être qu'un bombardement électromagnétique de la zone contaminée suffira à endiguer cette sorte d'épidémie. Et peut-être que le voleur n'a pas ouvert la valise... Il faut garder espoir, c'est à peu près la seule banalité que je puisse vous dire maintenant. Si vous le

permettez, nous allons transmettre immédiatement à mon Service l'ensemble des informations dont vous disposez sur cette mésaventure. Nous disposons de spécialistes qui trouveront certainement la solution adéquate.

Une heure après, le transfert des données ayant été effectué par voie électronique, André Ormus reprit la route d'Auch, rendu un peu songeur par cette irruption de la science-fiction dans le paysage paisible et enchanteur de la Gascogne profonde. Pour se changer les idées, il alluma la radio ; était diffusé un reportage sur la naissance d'une étoile massive, qui venait d'être photographiée à 4 300 années-lumière de la terre par le télescope Herschel de l'Agence spatiale européenne.

Herschel avait également révélé aux astrophysiciens que naissaient aujourd'hui dans l'univers beaucoup moins d'étoiles qu'autrefois. Mais ni le télescope ni ses utilisateurs ne savaient expliquer ce phénomène scientifiquement prouvé.

XII

André Ormus prit le temps d'ouvrir un journal et s'intéressa à une interview du cinéaste Woody Allen qui, à l'occasion de la sortie de son dernier film, déclarait solennellement : « Je suis contre la mort ! (...) Je suis triste, pessimiste - enfant, je l'étais déjà. Je pense que la vie est une expérience cauchemardesque et que le seul moyen de s'en sortir, c'est de se mentir. D'autres l'ont dit avant moi, d'ailleurs, Nietzsche, Freud... Il faut vivre dans l'illusion, et les seuls à être heureux dans mon film sont des cinglés... ».

Un autre article du même journal, décidément fort inspiré ce jour-là, présentait un « Memento Mori », une mosaïque funéraire étonnante exposée à Paris au Musée Maillol dans le cadre d'une exposition sur les vanités ; représentant un niveau au-dessus d'un crâne et d'une roue de la fortune, cette œuvre du Ier siècle avant Jésus-Christ provient de la Maison du Collège des Architectes à Pompéi, dite aussi « Maison des Maçons ». Actuellement conservé au Musée National de Naples, ce plateau de marbre incrusté de divers symboles figurait dans le Temple dont l'entrée s'ornait de deux colonnes et les murs de triangles entrelacés. En somme, il fallait se rappeler que la mort était au bout du chemin. Ce n'était pas une façon déraisonnable de considérer l'existence même si, en attendant le moment fatal, il semblait judicieux de profiter le mieux possible de la vie.

À ce sujet, la vie d'un flic paraissait particulière à divers titres ; et comme l'étude de la morale ne faisait heureusement pas partie du quotidien policier, André Ormus se contenta de prendre acte de ce rappel de la brièveté de l'existence humaine. Et il avait parfaitement raison d'adopter cette ligne de conduite.

Comme il aimait l'art et le symbolisme, il laissa errer son imagination sur ce temple vieux de plus de deux mille années, dont la fameuse historienne Irène Mainguy avait parlé dans son livre « La symbolique maçonnique du troisième millénaire ». Cette mosaïque de table provient d'un triclinium de jardin à Pompéi. Le thème de ce Memento Mori est d'origine hellénistique. Le crâne est suspendu par un fil à plomb à une équerre, l'instrument antique des maçons, qui ferme la composition comme le ferait le fronton d'un temple. Le mosaïste n'avait probablement jamais pu observer de crâne humain puisqu'il le représenta avec des oreilles et une bouche souriante étonnante. Sous ce crâne, la roue de la Fortune tourne éternellement après le passage de Némésis, tandis que l'âme - le papillon - s'envole et quitte le corps. Némésis, déesse grecque de la vengeance, fille de la Nuit, représente la justice distributive et le rythme du destin. C'est elle qui châtie les Mortels qui vivent dans un excès de bonheur. Elle est évoquée dans cette mosaïque par la Roue de la Fortune qui figure le plus souvent à ses pieds. À droite sont accrochés le bâton et la besace des vagabonds et des philosophes mendiants (tel Diogène le Cynique), emblèmes de pauvreté ; à gauche, un sceptre entouré du ruban royal en laine blanche - le diadème - est suspendu avec une pièce d'étoffe pourpre, symboles de richesse et de pouvoir. L'équerre, appareil égalisateur du maçon qui sert à mettre à niveau ses constructions, met symboliquement sur le même plan le bâton du mendiant et le sceptre du roi. Dans ce Memento mori très explicite, le mosaïste oppose la mort représentée par le crâne à l'âme figurée par le papillon, toutes deux arbitrées par le destin (la roue de la fortune). La fonction de cet emblema était de rappeler concrètement la fugacité du bonheur terrestre et l'idée de mort aux convives : il ne s'agit pas de craindre la mort, mais de jouir de l'existence terrestre, si éphémère soit-elle, en pleine connaissance de la brièveté de la vie, reprenant l'idée du Carpe diem d'Horace.

Pompéi, oubliée sous la lave volcanique pendant seize siècles pour renaître un jour et livrer quelques secrets de l'âme humaine, qui au bout du compte n'avait pas tellement évolué. Une autre maison engloutie par l'éruption du Vésuve, la Villa des Mystères, avait offert aux archéologues du XXe siècle une fresque de 3 mètres de haut sur 17 mètres de large, qui décrit les phases successives de l'initiation d'une jeune mariée au culte consacré au dieu Bacchus.

Finalement, le problème était bien là : tous ces gens qui cherchaient dans l'infiniment petit et l'infiniment grand, pour essayer de comprendre le fonctionnement, n'avaient qu'une seule motivation : ne pas mourir. Par curiosité, André Ormus lança par son téléphone portable une recherche sur internet en associant les mots clefs « Auch » et « immortalité », sans se faire trop d'illusions sur la pertinence des réponses qu'il était susceptible d'obtenir. À sa grande surprise, il vit apparaître un lien vers quelque chose qu'il connaissait plus ou moins bien, la franc-maçonnerie ; et précisément un court texte sur la Loge dénommée « Mystère », à l'orient d'Auch ; et les frères de cette Loge maçonnique mythique étaient réputés avoir découvert le secret de l'immortalité. Le texte n'en disait pas davantage.

XIII

André Ormus se demanda si Peter Sloterdijk était une réincarnation de Frédéric Nietzsche ; mais il est vrai que ce dernier avait de nombreux fils spirituels. Un esprit rationnel pourrait légitimement s'interroger sur l'irruption matutinale d'un philosophe allemand dans une enquête complexe menée par un Policier de la DST mais en réalité, c'était tout à fait normal dans ce genre de misions secrètes. Quant à savoir s'il fallait dynamiter son phonotope pour comprendre le monde, c'était une autre bonne question, à la réponse tout à fait aussi évidente que pour celle relative à la liaison Nietzsche / Sloterdijk. Pour l'heure, le Policier se contenta de finir son premier café de la journée, après une nuit plongée dans un sommeil profond et réparateur, celui des gens qui ont la conscience tranquille. De toute façon, le rapport à l'altérité allait connaître des bouleversements inédits puisque l'effet miroir, outil du narcissisme égotique qui constituait le socle de notre civilisation et des rapports humains qui en découlaient, ne savait plus trop quelle image renvoyer. Loin de la sorcière qui se contemple avant d'aller tuer Blanche Neige avec une pomme empoisonnée, dont Newton avait su démontrer l'obligatoire trajectoire verticale, la glace avait perdu son tain et de l'autre côté commençait à apparaître le futur, par exemple la première cellule vivante synthétique qui promettait des lendemains qui chantaient.

André Ormus passa une journée paisible à se promener dans la ville d'Auch ; il avait du temps à tuer avant le début de la soirée, où il avait prévu d'assister à une réunion du café philo auscitain ; le thème était intéressant : « Nietzsche est-il le Jésus-Christ de la pensée athée ? » et il était certain que cette crucifixion annoncée allait être passionnante. En attendant cette mise à mort tauromachique, il prit plaisir à faire une longue balade dans les rues d'Auch, la ville de son enfance. À partir de la place Salinis, il descendit les pousterles, ces rues étroites en escalier typiques de la cité gasconne, et sourit en passant devant l'une des maisons où, gamin, il prit un jour avec ses copains un sceau d'eau versé du premier étage par l'habitante de la vieille demeure à colombages, lassée à juste titre des coups de sonnette intempestifs. La lumière douce du soleil éclairait sans blesser le décor intemporel de la capitale de la Gascogne, qui continuait à vivre sa vie paisible au cœur du Gers, très loin de la fureur religieuse et financière de l'époque.

Après ce tour nostalgique dans les méandres des pousterles, André Ormus décida de remonter vers la vieille ville en empruntant l'escalier monumental, qui faisait l'objet d'une réfection à la mesure de son gigantisme. À Auch, les lieux se mélangeaient aux idées, et depuis fort longtemps. Ce qui produisait un état d'esprit fort tolérant et ouvert à l'avenir, une mentalité bien sympathique marquée du sceau de la liberté et très agréable à vivre. Il se sentait comme un poisson dans l'eau en montant les 370 marches de l'escalier, le sourire aux lèvres et les souvenirs dans la tête. Auch savait offrir ces petits moments magiques qui s'apparentaient bien à une forme de bonheur.

En passant, il salua son vieil ami d'Artagnan ; le mousquetaire avait à Auch sa statue et fier, contemplait, haut perché au sommet de l'escalier monumental, le paysage gascon. André Ormus aimait vraiment cet escalier néoclassique qui reliait la ville haute à la ville basse et constituait l'élément majeur d'un ensemble magnifique qui comprenait la tour d'Armagnac, la cathédrale, le palais archiépiscopal et les rives chatoyantes du Gers. L'escalier monumental d'Auch n'avait été achevé que vers 1865 et un siècle et demi après sa construction, il était pratiquement en ruine. Mais la municipalité d'Auch avait enfin pu financer et lancer la réfection de l'édifice, plus de trente années après l'ouverture du dossier par Jean Laborde, l'ancien Maire de la ville et le 18 mars 2009, son digne successeur, Franck Montaugé, avait taillé la première pierre d'un chantier qui allait durer une dizaine d'années. Les Auscitains allaient pouvoir continuer à monter dans leur escalier emblématique.

Arrivé au sommet, André Ormus marcha jusqu'à un banc de la place Salinis puis consulta le message qu'il venait de recevoir sur son téléphone portable. Il s'agissait d'un mémo sur la dernière trouvaille du biologiste américain Craig Venter : la création de la première cellule vivante dotée d'un génome synthétique, ce qui permettait d'envisager la réalisation d'organismes artificiels. Cette cellule était entièrement dérivée d'un chromosome synthétique, produit à partir de quatre flacons de substances chimiques et d'un synthétiseur ; la création initiale s'est faite au sein d'un ordinateur.

Ce progrès indéniable de la biologie synthétique allait permettre la conception d'algues capables d'emprisonner le dioxyde de carbone, de produire de nouveaux carburants propres, des vaccins, des nouvelles substances chimiques, des ingrédients alimentaires et des bactéries capables de purifier l'eau... Les chercheurs reconnaissaient eux-mêmes bien volontiers que cette « biologie synthétique est un champ d'activité à haut risque mal compris, motivé par la quête du profit. (...) Nous savons que les formes de vie créées en laboratoire peuvent devenir des armes biologiques et menacer aussi la biodiversité naturelle ».

Dieu, qui était déjà mort au siècle précédent, devenait inutile. L'homme avait réussi à fabriquer un organisme vivant universel. Un ADN synthétique mais capable de fonctionner. André Ormus découvrait cette information vitale au pied de la grandiose cathédrale d'Auch, qui avait servi autrefois à adorer une divinité aujourd'hui dépassée par les événements.

Et comme une bonne nouvelle n'arrivait jamais seule, un autre message lui annonça que le Stade Toulousain était Champion d'Europe. Ce qui, pour un véritable amateur du rugby, constituait également une information essentielle.

XIV

Quittant la place Salinis, André Ormus se dirigea tranquillement vers la place Saluste du Bartas, endroit hautement stratégique pour la vie culturelle et la mémoire auscitaines, puisque s'y trouvait à la fois la bibliothèque municipale et le siège de la société savante départementale, la fameuse société archéologique, historique, littéraire et scientifique du Gers présidée par Georges Courtès. Après s'être plus ou moins présenté à la personne aimable qui tenait la permanence de la société d'historiens locaux, il put obtenir une étude fort bien faite d'un dénommé André Barrieu, membre de la société archéologique du Gers, intitulée « A la recherche des Loges maçonniques dans le Gers depuis 1746 ». Ces ateliers maniant l'équerre et le compas étaient fort nombreux à exister ou à avoir existé, ce qui n'était pas étonnant dans un département où la tolérance et l'ouverture d'esprit faisaient partie des fondamentaux, comme il est dit au rugby. Le Policier trouva rapidement ce qu'il cherchait, à savoir l'historique de la Loge Mystère, créée le 29 mai 1779 et mise en sommeil huit années plus tard, en 1787, à la veille de la Révolution Française.

La dite « Loge du Mystère » disposait d'un sceau et d'un timbre au symbolisme émouvant ; André Ormus n'était pas un expert en sigillographie, ce fut pourquoi il se contenta de photographier les quatre images étonnantes qui avaient survécu aux années de travail de cette Loge maçonnique :

L'historien de la société archéologique du Gers André Barrieu avait réussi à rédiger un superbe historique de cette Loge, qu'André Ormus lut attentivement : « La Loge LE MYSTÈRE qui a effectivement eu quelques années d'activité à l'Orient d'AUCH en a constitué indiscutablement un pour les historiens locaux.

Seul notre Frère Charles PAL∴ a pu en faire mention, à la seule vue de l'empreinte de son sceau qu'il avait eu en mains, grâce à notre autre Frère Paul ARR∴, ancien professeur de Gymnastique, né à AUCH le 12 Juin 1844, qui avait reçu la Lumière à la Respectable Loge L'ÉCHO DU GRAND ORIENT à NÎMES et fut membre de la Loge LA VRAIE FRATERNITÉ à AUCH où il obtint la plénitude de ses droits maçonniques.

L'origine de ce sceau, du moins sa présence chez le Frère ARR∴ nous apporte la conviction que des archives de la Loge LE MYSTÈRE se trouvaient au Temple, sis, 25 Rue de Metz en notre ville, établissant la filiation et la conservation certaine par nos devanciers de leur documents généalogiques.

Mais l'éviction ultérieure des Francs-Maçons auscitains de leur propre Temple n'a-t-elle pas provoqué, aussi, sinon la destruction du moins le détournement de ces archives que nous osons souhaiter provisoire pour la restitution de l'entière vérité historique.

Fort heureusement, les fondateurs de la Loge LE MYSTÈRE échangèrent-ils, pour sa constitution, une correspondance avec le Grand Orient de France que nous avons consultée et qui nous donnent les motivations de sa naissance.

Nous nous trouvons en pleine période prérévolutionnaire ; malgré eux, sans doute, pour beaucoup, les aristocrates, néanmoins imbus des idées nouvelles, se cherchaient.

Le 26 Juin 1773, la quinzième assemblée des Loges régulièrement constituées dans le royaume de France, sous la présidence de l'Administrateur général le Duc de LUXEMBOURG venait d'adopter définitivement « LES STATUTS DE L'ORDRE ROYAL DE LA FRANC-MACONNERIE EN FRANCE » (Grand Orient de France).

Il fallait en être...

En 1778, le Grand Orient de France comptait 310 Loges en activité dont 209 en Province, 22 aux Colonies et à l'étranger et 37 Loges militaires, 42 à PARIS où la Loge LES NEUF SŒURS initiait VOLTAIRE sous la présidence de notre illustre Frère LAL∴ mais aussi en présence de son ancien vénérable l'homme d'État et physicien Benjamin FRANKLIN.

Mais la roture s'approchait des Loges où, nous l'avons vu dans la première époque de l'étude de SAINT JEAN DES ARTS, les artisans affluaient.

Si, justement, cette dernière rencontra-t-elle nombre de difficultés, la Loge SAINT JEAN DE JERUSALEM

REUNION DES ELUS ET DU TRIOMPHE DE LA VERTU ne parvint à obtenir sa régularisation, la constitution de la Loge LE MYSTÈRE fut très rapidement menée.

Mais, à cet endroit de notre propos, nous préférons laisser la parole à la Loge LE MYSTÈRE elle-même qui, dans sa longue lettre au Grand Orient de France datée du 2e jour du 8e mois de la V∴L∴ 5779 nous apporte la relation la plus authentique possible de ses origines.

S∴S∴S∴
TT∴CC∴FF∴

Animés du désir de travailler régulièrement pour la gloire de la Maçonnerie et le bien général de L'Humanité, nous crûmes que pour répondre aux vœux de nos cœurs, il était indispensable d'élever un nouveau Temple et de quitter celui de ST JEAN DES ARTS contre lequel les murmures redoublent de jour en jour...

... Notre séparation nous associa des Frères qui gémirent en secret des murmures qu'excitoient la Loge ST JEAN DES ARTS et ils s'empressèrent de dédommager l'Ordre par leur présence de l'espèce de décri où l'avait jeté dans cet orient le mélange des Frères qui composaient la Loge ST JEAN DES ARTS.

Le nombre des Frères qui quittèrent la Loge ST JEAN DES ARTS était de 14. Ce nombre fut au même instant accru de 6

Frères qui, jusque-là n'avaient pas voulu le faire, de manière que la première assemblée fut composée de 20.

Nous nous sommes empressés de demander des Constitutions et le Grand Orient de France nous a fait la faveur de nous les accorder, elles ont été adressées au Vénérable de ST JEAN DES ARTS qui nous en a fait part ; nous lui avons représenté que ce serait une espèce de scandale dans le pays, dont la honte rejaillirait sur tout l'Ordre, si une Loge que nous avions quittée en raison des murmures qu'elle excitait et du décri où elle avait jeté la maçonnerie par sa composition installait une Loge qui par les qualités civiles et les vertus de ceux qui la composent, avait fait revenir les esprits sur le compte de l'Ordre.

Le Frère BOU∴ Vénérable de ST JEAN DES ARTS nous dit qu'il gémissait comme nous sur les abus résultant de la manière dont sa Loge était composée mais qu'il allait travailler à la purger et que, restreinte à certains bourgeois honnêtes, il croyait que nous pourrions, sans compromettre l'Ordre, l'avoir pour installateur.

Le plan que lui dictèrent son zèle et les inspirations du Frère CAR∴ nous parut plein de sagesse... nous l'acceptâmes et... au jour donné nos Commissaires se rendirent à la Loge où ils trouvèrent le Vénérable BOU∴ dans les plus grands débats, les membres dont il voulait purger la Loge s'étaient obstinés plus que jamais à vouloir rester et il avait été obligé de faire sa démission de Vénérable...

... Dans ces circonstances nous venons supplier le Grand Orient de France de retraiter les pouvoirs qu'elle avait donnés à la Loge ST JEAN DES ARTS pour nous installer et d'adresser les mêmes pouvoirs à la Loge du Régiment de Royal Champagne qui est actuellement à notre Orient...

En effet... la Loge des Arts n'est composée que de membres avec lesquels, pour la plupart, les Frères du MYSTÈRE ne pouvoient avouer, sans rougir d'être en relation...

Il faut bien reconnaître que si le Frère Frix BOU∴ avaient obtenu facilement du Grand Orient de France les constitutions refusées au Vénérable PRO∴ son intention profonde n'était pas conforme à celle de ses Frères de la Loge SAINT JEAN DES ARTS. L'ambiguïté de son comportement est indéniable et ses déboires n'en restèrent pas là, il eut aussi maille à partir avec sa propre Loge mère LA SAGESSE de Toulouse pour un mauvais accueil réservé aux Commissaires de celle-ci à l'occasion de leur passage pour l'installation de la Loge LA VICTOIRE à FLEURANCE. Il rejoignit, cependant, et ce « à corps perdu » pour reprendre les mots de ST JEAN DES ARTS, la Loge... LE MYSTÈRE où nous le retrouverons, curieusement, sous le prénom de François en qualité... d'expert !

Acceptant aussitôt la demande de la Loge LE MYSTÈRE, le Grand Orient de France confia à la Loge militaire LA PARFAITE UNION du Régiment Royal Champagne Cavalerie, dont faisait partie le Colonel « Comte » DUB∴ cité plus avant, la mission de l'installer.

Comme ne manquèrent pas de le soulever avec force les Frères de ST JEAN DES ARTS, ce Régiment était pourtant en garnison à LIBOURNE et non à AUCH...

Cela ne l'empêcha pas de déléguer ses Commissaires installateurs. Il fut également chargé, par le Grand Orient de France, soupçonneux, de procéder à l'inspection de ST JEAN DES ARTS à laquelle fut donné un délai de SEPT ANS pour accomplir la purge de ses artistes non désirés.

Si on peut être navré de penser que le Grand Orient de France, à cette époque, hésitait à mettre en pratique ses sentiments égalitaires et utilisait, pour parvenir à ses fins, la Loge militaire de service la plus proche, on se console vite puisque le délai de SEPT ANS fut emporté par la tempête salvatrice.

Ainsi, le 9 novembre 1779, avant force discours les plus pompeux, la Loge LE MYSTÈRE fut installée par des Commissaires dits résidant à AUCH, qui furent :

- le Frère d'ORB∴, Président à Mortier à TOULOUSE

- le Frère d'ARP∴, Président à la Cour à MONTAUBAN

- le Frère d'AIG∴, Lieutenant des Maréchaux de France

- le Frère d'AIG∴, Capitaine de Cavalerie

Quant aux Officiers de la Loge LE MYSTÈRE, nous les avons relevés :

- Vénérable Jean Jacques Marie Comte d'AST∴, Capitaine de Cavalerie, Chevalier de Malte

- 1er Surveillant François Régis d'ESL∴, Écuyer

- 2e Surveillant Julien Joseph de LAB∴, ancien Officier de Cavalerie
- Orateur Bernard Catherine ALL∴ de la GRA∴, Avocat

- Secrétaire Dominique Joseph d'ARP∴, Écuyer

- Trésorier Jean Guillaume LUR∴, Avocat du Roy

Il nous semble bien inutile d'ajouter le moindre commentaire aux nominations qui précèdent, elles parlent d'elles-mêmes.

Sachons, néanmoins, que la Loge LE MYSTÈRE, vers la fin de son règne allait compter, en son sein, le futur et éphémère maire d'AUCH de 1791, Marie Angélique FRANCAIN.

Elle fut aussi présidée par le Frère et Marquis François de PIN∴, Capitaine au Régiment d'Agenois que l'on retrouvera de 1807 à 1813 dans la seconde époque, celle-ci Bonapartiste, de la Loge SAINT JEAN DES ARTS.

Mais, à la fin du MYSTÈRE qui n'avait plus d'activité en Août 1787, une dizaine de ses membres rejoignirent alors ST JEAN DES ARTS apportant, dans leurs bagages, meubles et ornements à celle-ci, qui d'après le Vénérable DUR∴ se transporta, aussi, dans les locaux inoccupés, juste, mais provisoire retour des choses.

LISTE DES MEMBRES DE LA LOGE LE MYSTÈRE

Selon Tableaux
1779
de LAG∴ Bernard Avocat né en 1744 Orateur
PAR∴ Dominique Charles Écuyer 1752 Secrétaire
ORG∴ Jean Charles Catherine Marquis 1728
ZOR∴ Jean Jacques Comte, Capitaine de Cavalerie Chevalier de Malte 1752 Vénérable
T∴ Louis Baron, anc. Officier d'Infanterie 1752
ILL∴ Antoine Contrôleur du Vingtième 1734
ENS∴ François (Fris) Receveur des Consignations 1750 Expert
UJS∴ Jean Bernard Paulin Anc. Officier d'Infanterie 1745
ROU∴ Blaise Capitaine 1750
∴ Joseph officier 1759
STE∴ Alexandre Conseiller général au Sénéchal 1710
INS∴ Jean François Ingénieur du Roy 1727
CLA∴ Charles Secrétaire à l'Intendance 1729
UT∴ Jean Marie Avocat 1759
ORI∴ Louis Lieutenant Colonel d'Artillerie 1739
INC∴ François Régis Écuyer, membre de la Loge LES NEUF SŒURS né en 1751 1er Surveillant
BAR∴ Julien Joseph Anc. Officier de Cavalerie 1746 2e Surveillant
GUE∴ Bernard Ancien Gendarme de la Garde 1754
de LAS∴ Jh.Marie Bachelier 1759
ROQ∴ Jacques Antoine Comte, ancien Officier de Cavalerie 1739
PE∴ Jean Baron, Officier des Carabiniers 1756
∴ Jean Guillaume Avocat du Roy 1742 Trésorier

UX∴ Marie Trésorier Général 1739
L∴ Jean Louis Écuyer, ci-devant Mousquetaire 1754
IEI∴ Jean Louis Consultant au Sénéchal 1742
∴ Jean Louis Président l'Élection d'Armagnac 1759
S∴ François Marquis, Capitaine au Régiment d'Agenois 1753
∴ Blaise Avocat 1753
SAI∴ Gabriel Écuyer 1753
∴ Jean Louis Avocat 1759
∴ Bertrand Prêtre Cordelier 1749
T∴ Charles Directeur du Vingtième 1727

On remarquera le Prénom François du Frère BOU ∴ autrement abrégé en Fris dans son ancienne Loge de ST JEAN DES ARTS. On comprendra aussi pourquoi la Loge reçut une délégation de celle des NEUF SŒURS à PARIS et encore le choix de la désignation du Vénérable LAL∴ comme Député de la Loge LE MYSTÈRE du Grand Orient de France, par la double affiliation du Frère d'ESL∴

AUTRE TABLEAU NON DATE
qui pourrait être de 1784 ou 1786

IC∴ Antoine François Directeur des Domaines Élu
∴ Anton Négociant Élu
∴ François Contrôleur Principal de la Régie Élu
OC∴ Jean Écuyer
∴ Pierre 1er Commis du Génie R+
GNA∴ Louis Dominique Écuyer R+ 2e Surveillant
∴ Jean Joseph Suivant les Finances
AYE∴ François Martin Écuyer

IN∴ Marie Angélique Écuyer Élu Or
ER∴ Charles Ingénieur Élu
ART∴ Julien Joseph Ancien officier de Cavalerie R+
SIN∴ Joseph Chirurgien Élu
CE∴ Antoine Jean Baptiste Suivant les Finances Élu
RRO∴ Jacques Antoine Comte, ancien officier d'Infanterie
R+ 1er Surveillant
∴ Charles Secrétaire d'Intendance
∴ Pierre Procureur Trésorier
S∴ Auguste Avocat Élu
∴ Jean François Dominique Secrétaire à l'Intendance Élu
S∴ Charles Jean, cadet Négociant Élu
S∴ Jean Jacques Procureur Élu Alexandre Maître de
Musique Élu
S∴ François Marquis, ancien Capitaine de Cavalerie R+,
Vénérable
∴ UX Jean Bernard Médecin R+
∴ Marie Joseph Suivant les Finances
∴ Athanaze Directeur des Domaines Élu Secrétaire
PIE∴ Joseph Rambert Écuyer Élu

On remarquera les titres « écossais » dont étaient revêtus la plupart des Frères, sans doute obtenus à l'occasion de séjours en d'autres Orients ou, peut-être aussi, au Chapitre LE MYSTÈRE qui a pu exister, mais dont nous n'avons pu consulter aucun document.

C'est en fonction de l'appartenance du Frère LAU∴ à la Loge ST JEAN DES ARTS durant les années que 1784 et 1786 que nous supposons que l'une d'elles peut être la date du Tableau ci-dessus, sous toutes réserves. »

Ce texte était particulièrement étonnant et l'honnêteté intellectuelle de son auteur le rendait absolument digne de confiance. En outre, comme l'avait signalé lui-même André Barrieu dans son étude historique, les documents d'origine mentionnaient que plusieurs Frères de la Loge du Mystère étaient sans doute membres d'un Atelier supérieur installé à Auch, un Chapitre intitulé lui aussi Le Mystère, mais qui avait la particularité de ne rassembler que des Chevaliers Rose-Croix.

Et la découverte que venait de faire André Ormus offrait des perspectives particulièrement intéressantes, à défaut d'être immédiatement compréhensibles. Une abondante littérature existait sur ce grade maçonnique, ses mystères et ses origines ; la définition la plus ancienne, la plus célèbre et la plus synthétique se résumait à quatre vers, écrits en 1638 à Édimbourg :

> « Attendu que nos augures sont clairs,
> Car de la Rose-Croix nous sommes frères :
> Dotés du Mot de Maçon et de double vue,
> Ce qui est à venir est par nous bien connu. »

XV

André Ormus s'installa tranquillement dans la salle du troquet auscitain où le café philosophique de la ville organisait sa réunion mensuelle. Toutes sortes de gens étaient rassemblés là, pour échanger des concepts et essayer de comprendre sans dogmatisme le monde dans lequel ils vivaient. L'une des phrases les plus connues en la matière, le poncif : « philosopher, c'est apprendre à mourir », agaçait prodigieusement le Policier, car cet éloge vertueux de la sagesse lui semblait comporter une bonne part d'hypocrisie et de renoncement. Il ne croyait pas à un au-delà, il n'aimait pas les religions et encore moins les clergés mais comme il était tolérant et laïque, il se moquait éperdument des ablutions de son voisin de palier. Alors, pour lui, la philosophie, c'était un bon moyen de parler et d'échanger avec d'autres personnes, sans a priori et avec intérêt, sur des sujets importants dans une société – puisqu'après tout, tel était le décor normal et souhaitable des relations humaines –.

Le sujet choisi pour la soirée, et qui avait réuni une quinzaine de personnes, lui plaisait particulièrement puisqu'il faisait partie des lecteurs enthousiastes de Nietzsche ; certes, le philosophe allemand avait passé les onze dernières années de son existence dans la folie, signe inquiétant sur les conséquences d'une pratique ultime de la philosophie, comme si la raison, au terme du voyage humain, devenait un bagage inutile et un horizon dépassable. La véritable intelligence, celle des artistes, franchissait les dernières bornes et pénétrait dans un jardin extraordinaire mais privé de sens, de logique, un espace anticartésien, sans limites et sans conscience, un errement incompréhensible où ne subsistait qu'une liberté totale et vagabonde. Un cri serein que plus personne ne pouvait entendre. Oui, André Ormus s'était souvent demandé pourquoi Friedrich Wilhelm Nietzsche était devenu fou. Car, après tout, « ce n'est pas le doute, c'est la certitude qui rend fou. ».

Ce soir-là, il ne posa pas la question et passa son temps à écouter ses voisins de table qui, passionnés, échangeaient sur le dépassement possible et souhaitable du nihilisme, dont Nietzsche serait le prophète athée. Le philosophe allemand était-il devenu malgré lui une icône sacrée, qu'il fallait à un moment ou à un autre briser pour continuer à avancer ? Le besoin de spiritualité des êtres humains pouvait-il se suffire de la dimension poétique et musicale ? L'absence de système au-delà du dogme du bien et du mal rendait-il véritablement heureux ? Quid du surhomme et de l'altérité ? Par quoi le lecteur efficace de Nietzsche remplace-t-il la foi ? Quelle espérance laisse le nihilisme ? Quel sentiment de charité peut éprouver le surhomme nietzschéen pour l'homo sapiens toujours emprisonné entre les colonnes carcérales de la morale binaire chrétienne ? Le sujet, bien choisi par le responsable du café philosophique d'Auch, entraînait moult réactions et prises de parole, la soirée auscitaine était fort animée et sympathique, André Ormus passait un bon moment.

Tard dans la nuit, le groupe auscitain d'intellectuels sans prétention sortit de très bonne humeur de l'estaminet. Une femme d'une quarantaine d'années, une jolie brune avec une poitrine généreuse, invita discrètement André Ormus à venir prendre un dernier verre chez elle et prolonger un peu cette discussion philosophique passionnante. Il accepta bien volontiers cette proposition hédoniste, fruit joyeux du gai savoir nietzschéen.

XVI

André Ormus se demandait franchement ce qu'allaient pouvoir lui révéler les oracles sybillins. Tels étaient en tout cas les interlocuteurs avec lesquels la DST lui avait pris un rendez-vous séance tenante et qui expliquait sa présence dans un avion qui était en train de voler vers Tel Aviv.

Alors qu'il était en train d'embarquer à l'aéroport de Toulouse Blagnac, il avait lu un mail qu'il avait reçu sur son téléphone portable, envoyée par son amie bibliothécaire de Lectoure. Elle n'avait aucun élément nouveau sur l'énigme de la prophétie des septante et encore moins sur les terroristes qui avaient manié l'explosif pour faire exploser sa voiture. Par contre, elle lui avait envoyé en pièce jointe un article de La Dépêche du Midi, qui relatait l'arrestation par les Gendarmes de Lectoure de quatre voleurs, âgés de 14, 16 et 19 ans, qui avaient tenté de cambrioler dans la nuit cinq boutiques lectouroises ; ils n'étaient parvenus à entrer que dans deux magasins, en particulier un salon de coiffure où ils avaient dérobé un lisseur, des ciseaux et une tondeuse. Par chance, ils furent repérés par la patrouille nocturne de la brigade de Gendarmerie de Lectoure et arrêtés dès le lendemain. La perquisition permit de retrouver des objets volés à Lectoure mais aussi lors de cambriolages à la bibliothèque de Condom et à l'école Jules-Ferry de la même ville. Les Gendarmes pensaient pouvoir établir que ces malfaiteurs avaient commis une trentaine de vols dans le secteur de la Lomagne lectouroise et leur arrestation était par conséquent une excellente chose. Et c'était fort sympathique de la part de la bibliothécaire d'envoyer des nouvelles du pays gersois à André Ormus, alors qu'il était en train de voler vers l'Orient compliqué.

Son avion atterrit sans problème à l'aéroport Ben Gourion. Le Policier français dut subir un entretien un peu serré avec une femme de la sécurité aéroportuaire israélienne, et il promit avec beaucoup de conviction qu'il ne venait pas en Israël faire de l'espionnage pour le compte de la France ; de toute façon, son interlocutrice savait parfaitement qui il était et ce qu'il venait faire à Jérusalem ; la communauté internationale du renseignement est une grande famille et tout le monde se connaît. En outre, la DST avait balisé de façon précise son séjour et André Ormus pouvait presque se sentir en vacances sous le grand soleil israélien, hormis cet entretien professionnel avec les oracles sybillins, ce qui constituait une première dans sa carrière de flic de renseignements.

Il regarda avec sympathie la population qui déambulait dans l'aérogare car il aimait bien ce pays et ses habitants, puis se dirigea vers la station de taxi. Il attendit tranquillement son tour puis monta dans un véhicule et donna l'adresse de sa destination au chauffeur, qui était probablement un officier du Shin Beth ou même du Mossad, pensa-t-il en riant intérieurement ; car le rire était le seul remède à la paranoïa inhérente à sa profession.

Moins d'une heure plus tard, le taxi le déposait en souplesse devant la maison où il avait rendez-vous, au cœur de la vieille ville de Jérusalem. Sur la porte était fixée une plaque portant l'inscription suivante :

« Dies iræ, dies illa

Solvet sæclum in favilla

Teste David cum Sibylla. »

Sans s'émouvoir outre mesure de ce jour de colère annoncé, André Ormus frappa à la porte puis entra dans la vieille demeure ; comme dans un cabinet médical, il s'installa dans la salle d'attente et attendit la suite des événements. Il commença à trouver le temps un peu long et se demanda pourquoi son service l'avait envoyé en Israël pour aller consulter des voyantes ; après tout, il aurait pu aussi le faire en France. Il avait sympathisé à l'occasion d'une enquête précédente avec l'une d'entre elles, une charmante jeune femme blonde qui avait ouvert son cabinet de consultations dans le quartier St Cyprien à Toulouse ; elle ne se prenait pas du tout au sérieux mais charmante et concentrée, écoutait ses clients avec la plus grande attention ; puis elle leur donnait son avis, ses conseils et ses visions de l'avenir, avant de présenter aimablement la machine à carte bancaire qui lui permettait d'encaisser le prix de la séance ; une activité sociale qui semblait bien utile puisque les gens repartaient sereins de chez elle ; André Ormus s'était même dit qu'à sa retraite il exercerait entre autres cette activité lucrative et bénéfique pour autrui.

En l'occurrence, il ne s'agissait pas tout à fait de la même démarche ; enfin, une porte intérieure s'ouvrit et une belle femme brune à la peau mate invita André Ormus à entrer dans une autre pièce de la maison. L'ambiance y était tamisée et étrange, un peu solennelle et bizarre, en raison d'une lourde décoration kabalistique, en particulier une représentation détaillée de l'arbre des dix Séphiroth qui expliquaient les mystères de la création, ou comment de l'unité provient la multiplicité, un plan précis et gigantesque du Temple de Salomon, la formule alchimique INRI écrite en lettres rouges (avec un laïus explicatif sur les quatre éléments), et même une très belle toile de peinture illustrant la Rosa mystica... Une mélopée entraînante achevait de conditionner ce lieu volontairement impressionnant, du moins pour les chalands en état d'urgence spirituelle, ce qui n'était pas le cas du Policier français. Une sorte de grotte de Lourdes orientale, pensa-t-il en s'asseyant dans un confortable fauteuil en cuir noir.

L'Israélienne le regarda en souriant comme si elle avait compris qu'il n'était pas dupe de l'atmosphère artificiellement sacralisée de l'espace. Puis elle commença à lui parler dans un Français absolument parfait :
- Merci d'être venu si rapidement jusqu'à nous, Monsieur Ormus. Je vais aller droit au but car je sais que vous êtes un homme pressé. J'ai le devoir de remettre à votre Gouvernement, par votre intermédiaire, une copie des douze livres des Oracles Sibyllins qui, comme vous le savez certainement, comprennent des réponses du dieu antique, des oracles juifs et des écrits chrétiens.

- C'est fort aimable à vous, répondit-il, et je suis convaincu que mes autorités seront ravies de ce présent archéologique.

- Attention, nous n'évoquons pas actuellement l'archéologie du sacré, cher Monsieur. Ce que je vais vous communiquer ne sont pas les copies, déjà connues, des XIVe et XVIe siècles. Il s'agit des livres originaux, du moins d'une copie, absolument intégrale, et j'insiste sur ce point, des textes authentiques.

- Sans vouloir mettre en doute la valeur de votre présent, qu'est-ce qui me garantit que vos livres ne sont pas apocryphes ?

- Je vous en donne ma parole et vous pouvez véritablement me faire confiance. Il ne me viendrait pas à l'idée de me moquer de vous et de la France.

- Dont acte. Je vous remercie, alors. Mais qu'est-ce qui justifie l'intervention d'un spécialiste comme moi pour rapporter en Europe une copie de ces ouvrages ? Un historien du Ministère de la Culture, un diplomate, auraient pu tout aussi bien s'occuper de cette opération de transfert entre nos deux pays.

- Pour une raison toute simple mais grave, cher Monsieur Ormus. L'une des plus importantes prophéties contenues dans ces livres concerne le territoire de ce qui est aujourd'hui la France.

- Je peux avoir des précisions sur ces révélations ?

- Regardez attentivement cette gravure, dit la jeune femme en tournant vers lui l'écran de son ordinateur, posé sur le bureau.

André Ormus se pencha légèrement en avant et contempla l'image numérique.

(source : http://fr.wikipedia.org/wiki/Sibylle).

Après quelques secondes d'observation, il reprit la parole :

- Cela me semble être une reproduction d'une gravure sur bois du Moyen Âge ; rien à voir avec les oracles sybillins !

- Oui et non. Il s'agit effectivement de « La Sibylle tiburtine et l'empereur Auguste », une illustration du livre « Chronique de Nuremberg », écrit par le médecin humaniste allemand Hartmann Schedel en 1493. Une histoire illustrée du Monde, depuis la création jusqu'à la fin du XVe siècle. On peut trouver dans cet incunable extraordinaire, entre autres choses, la plus vieille carte imprimée de Jérusalem et aussi, malheureusement, « Die Bestrafung der Juden », une terrible « punition des Juifs », c'est-à-dire un bûcher... Mais ne nous dispersons pas et revenons à la raison de votre présence en Israël : le Jugement dernier. Vous connaissez ?

- Vous savez, je suis athée et le catéchisme n'est pas vraiment une matière qui me passionne.

- Je sais. Alors voici quelques explications : la Sibylle tiburtine, une prêtresse d'Apollon, est l'une des prophéties chrétiennes populaires, qui annonçait selon les Chrétiens la venue du Messie par la vierge Marie, puisque cette femme splendide apparut en 81 avant Jésus-Christ à l'empereur Auguste, rayonnant au-dessus de l'autel de Junon et portant un enfant. Elle fut également utilisée dans votre pays au XIIIe siècle afin de légitimer la dynastie capétienne. Grosso modo, cette prophétesse annonce le roi de la fin des temps.

- Ah, s'exclama ironiquement André Ormus, Hollywood a produit d'excellents films sur ce thème !

- Mais ce que je suis en train de vous raconter n'a malheureusement rien à voir avec le divertissement cinématographique, répondit le plus sérieusement du monde la jolie Israélienne. Nos chercheurs ont bien évidemment décortiqué l'édition originale des douze livres des Oracles Sibyllins, retrouvée récemment dans un coffre dissimulé au fond d'une grotte de la vieille ville de Jérusalem ; et des passages extrêmement troublants et précisément datés concernent un événement imminent, dans le sud de la France. Et notre Gouvernement a donc souhaité demander au vôtre de mener une enquête secrète mais rigoureuse sur cette affaire de la fin des temps.

- D'après mes informations, dit le Policier français, une prophétie inca a annoncé cette catastrophe finale pour l'année 2012... Je ne sais pas si mes investigations pourront apporter des éléments complémentaires...

- Nous verrons bien. Quoi qu'il en soit, vous avez la réputation d'être l'un des meilleurs spécialistes de ces thématiques particulières. Et le plus discret, ce qui est essentiel. Cette affaire vous intéresse, Monsieur Ormus ?

Dans le même temps, elle lui tendit la clef USB sur laquelle avaient été copiés les fichiers informatiques des ouvrages des Oracles Sibyllins ; comme si elle connaissait déjà la réponse qu'allait lui faire André Ormus.

Elle avait raison : il prit la clef puis regarda sa montre avant de dire à la jeune femme :

- Vous savez certainement que mon avion pour la France décolle demain matin. J'ai donc le temps de visiter Jérusalem et même de vous inviter à dîner.

L'Israélienne éclata de rire.

- La fin des temps ne vous enlève pas l'envie de vivre ! Mais j'avais bien intégré votre dimension rabelaisienne, normale chez un Français, et j'avais prévu de vous réserver ma soirée. Allons-y, nous avons assez travaillé. Du moins pour aujourd'hui !

Et délaissant les sombres prophéties, l'homme et la femme partirent joyeusement ensemble se promener au cœur de la Jérusalem terrestre.

XVII

Dans l'avion qui le ramenait vers Toulouse, André Ormus fit quelques recherches simples sur internet ; il découvrit que la cathédrale Notre-Dame d'Amiens est la plus vaste de France par ses volumes intérieurs et qu'elle est considérée, avec celles de Chartres, de Reims et de Bourges, comme l'archétype du style gothique classique. Le tympan au-dessus du grand portail de la cathédrale est décoré d'une représentation du Jugement dernier, lorsque à la fin des temps, selon la tradition chrétienne, les morts ressuscitent avant d'être jugés par le Christ. La dernière des sept chapelles est dite de saint Éloi. Elle est très particulière car sur ses murs sont peintes des sibylles, qui ne sont pas des personnages chrétiens, mais des voyantes issues du paganisme antique. Pourtant, c'est le doyen du chapitre, Adrien de Hénencourt qui les fit peindre en 1506. Et la chapelle de saint Éloi est avant tout une antichambre menant à la chapelle des Macchabées et au Trésor de la cathédrale, près de la sacristie, où il est possible de contempler une relique conservée dans un coffre en bois avec une vitre : un crâne, supposé être celui de saint Jean-Baptiste, et rapporté par un chanoine en 1206 lors de la Quatrième croisade.

Comme prophète, André Ormus préférait le singulier Clamence d'Albert Camus et sa critique contemporaine du narcissisme. Mais puisque dans cette histoire, tout le monde semblait vouloir attendre l'arrivée d'un hypothétique sauveur, le Policier s'adaptait sans se poser trop de questions aux besoins de l'enquête ; car s'il ne savait plus trop bien ce qu'il était en train de rechercher, son objectif demeurait la découverte de la vérité. Il fallait espérer qu'elle ne fût pas trop triste, tragique ou pire, banale et ennuyeuse. André Ormus n'aimait pas être déçu par la réalité.

Et comme nul n'est prophète dans son pays, c'est en silence qu'il regarda par le hublot de l'Airbus apparaître peu à peu le paysage qu'il aimait tant de sa chère région toulousaine.

Il avait passé une soirée fort sympathique avec l'Israélienne qui, contrairement à ce qu'il avait supposé, n'était pas l'une de ses homologues, mais une véritable scientifique passionnée par ses recherches de manuscrits anciens, dans une région du monde propice à ce genre de découvertes émouvantes. L'ambiance de la ville de Jérusalem était vraiment particulière et marquante, un mélange de tension et de profondeur qui ne pouvait pas laisser indifférent. Il vérifia la présence de la clef USB au fond de sa poche puis se prépara à descendre de l'avion, qui venait d'atterrir sur la piste de l'aéroport de Blagnac.

L'un de ses collèges l'attendait en véhicule devant l'aérogare et ils filèrent directement vers le siège de leur service de renseignements. Là, André Ormus vida la clef informatique de ses documents numériques rapportés d'Israël sur un ordinateur de son bureau, afin que les spécialises de la DST puissent à leur tour analyser ces fameux livres des Oracles Sibyllins ; puis il passa rapidement chez lui déposer sa valise avant de sauter dans une voiture et prendre aussitôt la direction d'Auch car il avait déjà là-bas plusieurs rendez-vous utiles à la poursuite de son enquête.

Tout en roulant tranquillement sur la route nationale qui reliait Toulouse à la Gascogne, il brancha l'autoradio ; étaient diffusées les informations régionales, en particulier la triste nouvelle de la mort d'un grand chêne âgé de deux siècles, au bord de la route de Sémalens, à la sortie de Castres, dans le Tarn. Le vieil arbre avait souffert de la canicule de la fin du mois d'août de l'année précédente et en avance sur la saison automnale, avait vu ses feuilles se dessécher totalement : victime d'un choc hydrique, le chêne n'avait pas trouvé la force d'aller puiser dans les profondeurs de la terre l'eau dont il avait besoin et au printemps suivant, avait oublié de reverdir, au grand dam des Castrais. Ainsi était mort le vieux chêne, si célèbre qu'il avait inspiré l'un des logos d'un important laboratoire pharmaceutique tarnais.

En arrivant à Auch, il aperçut un groupe de personnes sur les marches de la Mairie. Il gara sa voiture et passa à pied près du rassemblement de gens qui paraissaient particulièrement joyeux ; en fait, il s'agissait d'un mariage tout simple et ordinaire, si ce n'est dans la forme : les demoiselles d'honneur portaient des robes panthère, le marié arborait des piercings, un costume noir et une chevelure en crête rouge assortie à sa cravate ; quant à la mariée, elle était vêtue d'une superbe robe rouge ajustée à volants, voilette et bouquet noir. Renseignements pris auprès des badauds, les deux jeunes époux étaient des Toulousains venus se marier à Auch, ville dont était originaire le marié ; quant à la nouvelle Madame, elle était née près de Grasse, dans les Alpes Maritimes. Précision importante, l'époux était le batteur d'un groupe toulousain de cyberpunk, ce qui expliquait l'atmosphère délirante de l'heureux événement. André Ormus, qui aimait toute la grande famille du rock'n'roll, trouva le concept décalé de ce mariage auscitain tout à fait sympathique.

Il jeta un dernier coup d'œil amusé à cette union célébrée dans la joie et la bonne humeur puis partit à pied dans les vieilles rues d'Auch pour rejoindre son nouveau lieu de rendez-vous. À première vue, il pouvait paraître étonnant que la plupart de ses contacts eurent pour décor la Gascogne, hormis son escapade en Israël. En réalité, la délimitation géographique de ses investigations relevait pratiquement d'un choix volontaire, voire d'une contrainte professionnelle ; et il n'était pas interdit de penser qu'au même moment, mais dans une autre région de France, un alter ego d'André Ormus effectuait des démarches similaires, sur une thématique identique, le but étant de permettre à un analyste haut placé dans la pyramide de la DST de comprendre le sens des événements. De toute façon, il valait mieux appréhender ainsi la situation plutôt que de se dire que l'on travaillait pour rien et pour personne. Et que l'on ne comprenait pas ce que l'on était en train de vivre. Car malgré son expérience et son sens de la synthèse, le Policier toulousain avait du mal à faire le lien entre la succession d'événements et de rencontres qu'il connaissait depuis quelques jours. Une complexité et une absence de logique qui ne le perturbaient pas mais le laissaient tout de même songeur. Où allait-il ? Tel le gentil astro-droïde R2-D2, il se contentait de progresser dans son enquête. Et en attendant d'en savoir davantage sur les tenants et aboutissants de cette étrange affaire, il marcha jusqu'à la porte de la maison où il avait son nouveau rendez-vous. Avec un scientifique, une fois encore. Celui-ci ressemblait plus que les précédents à l'image que les gens se font d'eux, avec un petit côté farfelu mais pas totalement rassurant. Il l'invita à s'asseoir avec lui devant une grande table sur laquelle trônait un ordinateur portable ; à l'écran apparaissait une sorte de gros caillou.

- Vous connaissez Apophis, Monsieur l'Inspecteur de Police ? demanda-t-il d'une voix qui pouvait paraître guillerette.

- Oui, j'en ai vaguement entendu parler, comme tout le monde. C'est une météorite qui risque d'entrer en collision avec la planète terre dans une trentaine d'années.

- Exactement ! Un astéroïde de 270 mètres, qui pourrait percuter notre planète en 2036. Encore que : la probabilité de la collision n'est que de 1 pour 12 346 000 ; ou bien 1 pour 233 000... Les experts ne sont pas d'accord entre eux. Aucune importante. Cependant, si ce malheur arrivait, le choc libérerait une puissance équivalente à 10 000 mégatonnes de TNT, ce qui correspond au stock actuel des armes nucléaires sur la terre. Une véritable catastrophe.

- Vous avez demandé à me voir pour me parler d'Apophis ? S'inquiéta André Ormus.

- Non, non, pas du tout, nous n'avons pas besoin de vous pour sauver la planète, il suffira d'envoyer dans l'espace, en 2027, un vaisseau d'environ une tonne et de la taille d'un module lunaire, en visant l'orbite d'Apophis. La gravité exercée par ce vaisseau sur l'astéroïde déviera suffisamment sa trajectoire pour l'écarter de celle de la Terre et tout ira bien. Non, je souhaitais vous voir pour vous parler de choses sérieuses.

- Je vous écoute, Professeur.

- Très bien. Croyez-vous que les voyages dans le temps sont possibles ?

- À ma connaissance, non : le temps est toujours une relation entre des entités physiques.
- C'est une bonne réponse, du moins à l'aune de nos connaissances actuelles. Existent certes des réflexions théoriques liant la vitesse de la lumière et la gravité universelle mais je vous épargne ces questions très ennuyeuses pour le littéraire que vous me semblez malheureusement être.
- Je vous en remercie.
- Avec plaisir ! Alors, où est le problème, me direz-vous avec ce bon sens qui me semble faire partie de votre fonctionnement intellectuel ? Et bien voici : j'ai découvert très récemment, dans une vieille tour moyenâgeuse de la ville, une machine à remonter le temps ! Une machine en état de marche, une machine qui semble fonctionner parfaitement !
- Vous vous rendez compte de ce que vous êtes en train de me dire ?
- Oui, tout à fait, ne vous inquiétez pas, je m'exprime là avec la plus grande rigueur scientifique. Et cette dernière me demande maintenant la preuve par l'expérience. Inutile de vous dire que je suis impatient d'en vérifier les effets, mais à une condition...
- Laquelle ? demanda naturellement le Policier.
- Que vous fassiez avec moi ce voyage dans le temps ! J'ai besoin d'un témoin, et d'un témoin indiscutable qui ne soit pas l'un de mes congénères, bien évidemment. Pour cela, un agent secret de la DST m'a semblé tout à fait opportun. Pour nous résumer, Monsieur l'Inspecteur : acceptez-vous d'utiliser avec moi cette machine à remonter le temps ?

André Ormus, qui était aussi ouvert d'esprit que courageux, accepta bien entendu cette proposition loufoque. L'avenir dirait s'il avait eu raison de vouloir effectuer ce retour dans le passé.

XVIII

S'il avait accepté avec un enthousiasme placide le principe de ce voyage temporel, André Ormus crut cependant utile de demander quelques précisions sur les conditions de cette expérience. Bien entendu, le scientifique accepta de donner quelques explications sur sa proposition saugrenue :

- J'étais en train de faire des recherches mathématiques sur le nombre d'or à l'intérieur de la cathédrale d'Auch, définir très précisément l'échelle harmonique de cet édifice religieux qui à juste titre fait honneur à notre ville. Une recherche passionnante mais qui somme toute n'avait rien d'extraordinaire. Isidore Dalla Nora l'avait fait avant moi.

- Excusez-moi mais qui est Isidore Dalla Nora ?

- Un Vénitien étonnant, qui s'est installé dans le Gers à l'âge de 15 ans. Il est à la fois tailleur de pierre, sculpteur, musicien, religieux et facteur d'orgue. Ayant appris la maçonnerie, il s'est lancé dans la restauration d'églises, en particulier l'abbaye cistercienne de Boscodon, qui date du XIIème siècle et avait grand besoin d'être rénovée. Grâce aux travaux de l'abbé Jean Bétous, il prit connaissance des « secrets » du nombre d'or, dont les mêmes règles universelles d'harmonie s'appliquent à son abbaye. Bref, je venais de tracer sur mon carnet un pentagone régulier à partir de diverses mesures prises dans la cathédrale puis je décidai de pousser légèrement la prédelle d'un retable ; or, à ma grande surprise, la planche principale se souleva sans difficulté et laissa apparaître l'entrée d'un souterrain. Vous vous doutez de ce que j'ai fait, Monsieur l'Inspecteur ?

- Oui ! Vous êtes descendu dans le souterrain et au bout du tunnel, vous avez trouvé la machine à remonter le temps...

- Mais oui ! C'est exactement cela. Et pourquoi personne n'avait fait cette découverte avant moi ? Parce que personne n'avait osé, dans ce lieu sacralisé, déplacer ce retable. Moi, je l'ai fait et j'ai réalisé cette trouvaille extraordinaire. Dont vous avez la primeur. J'ai analysé, expertisé, étudié cette machine dans toutes ses facettes et j'en suis arrivé à la conclusion, certes théorique, qu'elle fonctionne parfaitement. Mais pas tout le temps : uniquement les soirs de pleine lune.

- Et, s'inquiéta André Ormus, quand le calendrier nous annonce-t-il la prochaine pleine lune ?

- Pour la soirée d'aujourd'hui, justement ! Êtes-vous disponible ce soir, Monsieur le Policier ?

- Euh... Oui, a priori, je n'ai rien de prévu.

- Et bien, je vous donne rendez-vous à 21 heures, devant l'entrée de la cathédrale. Arrivez dans une tenue décontractée, mais sans vous faire trop de souci. Je suis persuadé que tout se passera bien, que nous allons vivre une expérience hors du commun et que nous serons encore plus célèbres que les premiers hommes qui ont marché sur la lune. Nous allons changer la compréhension humaine du monde. Et sans prendre le moindre risque, car je fais totalement confiance à cette machine et à ses inventeurs. Maintenant, je vous propose de me laisser, car j'ai d'ultimes vérifications de calculs à effectuer pour notre grand voyage de cette nuit. Mais je compte absolument sur votre présence tout à l'heure ; vous me le promettez ?

- Je m'y engage, n'ayez aucun doute, je serai à 9 heures devant la cathédrale Sainte Marie.

André Ormus salua poliment son interlocuteur exalté puis, un peu éberlué, retrouva les rues d'Auch où quelques jolies passantes commençaient à se promener pour faire leurs courses du tout début de l'après-midi. Lui s'arrêta dans un troquet et commanda un sandwich et une bière ; il se restaura en songeant à cette proposition étonnante qui, malgré son aspect irréaliste, lui semblait curieusement crédible. De toute façon, il n'avait qu'à attendre quelques heures pour s'assurer du sérieux de son interlocuteur. Puis il décida d'aller saluer l'un de ses vieux amis, qui exerçait la redoutable profession de libraire.

Il poussa la porte de la vieille échoppe auscitaine où son ami avait su constituer un fonds éclectique et intéressant d'ouvrages variés ; ils partageaient le même amour des livres, qui avaient été un peu malmenés par la révolution informatique. Quant au métier de libraire, il n'était pas encore possible de savoir s'il allait disparaître dans la vague numérique ou bien survivre comme une planche de salut dans un océan de mots virtuels. André Ormus posa d'ailleurs la question à l'ami des livres auscitain, qui lui répondit :
- À l'heure actuelle, oui, nous sommes menacés. Les éditeurs nous laissent tomber au profit des grosses sociétés informatiques et internet, qui sont devenues les véritables maîtres du monde. Alors, le kiosque à journaux et le libraire au coin de la rue, cela devient obsolète pour une foule penchée sur son écran portable. C'est une vision qui tient la route. Les livres se vendent mal et pourtant nous continuons à recevoir des cartons, que nous ouvrons pour les vider de leurs livres pour les placer dans nos rayonnages ; et puis, trois mois plus tard, nous renvoyons les cartons presque pleins aux

distributeurs. Et pour ce travail de manutention, nous ne sommes même pas payés au smic. Nous sommes les derniers esthètes, survivants de la religion du livre, battue en brèche par la religion technologique. Est-ce un bien, est-ce un mal ? Personne ne peut l'affirmer.

- J'imagine mal le monde sans libraires, répondit le Policier. Sais-tu que quand j'étais jeune, j'ai travaillé dans une libraire à Lectoure ? J'étais heureux, entouré de livres et aux côtés d'une fort belle libraire. Puis apparurent les supermarchés, suivis des hypermarchés... Et déjà, les petits commerçants avaient tous peur de disparaître. Et il paraissait alors incongru de vendre des livres dans les grandes surfaces.

- Je pense que nous vivons actuellement autre chose. Le livre numérique n'est qu'un minuscule fichier informatique, comme un morceau de musique ou un film. Et plutôt moins amusant. Facilement copiable car comment obliger les gens à payer ? Ce fut là toute l'astuce des informaticiens qui ont su donner plus de valeur à leurs machines qu'à leur contenu virtuel. La société de consommation s'est appropriée techniquement la diffusion du savoir, l'a rendue immatérielle et extrêmement individualisée et surveillée. Ce faisant, elle a cantonné le livre et sa puissance éducative à une réserve d'indiens.

- Il me semble que cela a toujours été plus ou moins le cas. La qualité d'un écrivain provient moins de ses tirages que de la reconnaissance par les acteurs éclairés de la transmission du savoir et de la culture. Et ces nouveaux outils me semblent complémentaires de ce qui existait avant, et pouvoir ouvrir de nouveaux horizons. Tu es trop pessimiste.

- Peut-être. Pourtant, je pense que notre Panthéon intellectuel est bousculé dangereusement par toutes ces tablettes électroniques conçues aux États-Unis et fabriquées en Chine et je ne sais pas si nous trouverons avec elles la même émotion à lire des histoires qu'avec un livre en papier.

- À mon avis, c'est uniquement une question de génération. Et la lecture électronique est devenue incontournable, nous sommes tous derrière nos écrans maintenant ! Or, rappelle-toi, ce n'était pas le cas il y a quinze ans.

- Oui, à Toulouse a même existé, il y a quelques dizaines d'années, un mouvement terroriste qui voulait empêcher la révolution informatique en détruisant les ordinateurs. Cette idée nous paraît aujourd'hui totalement désuète et ridicule. Faut-il pour autant continuer la complainte de l'écrivain, du libraire, de l'éditeur ? Oui, car internet produit de l'écrit, certes, mais de l'écrit éclaté et dilué qui ne permet pas le développement d'une pensée.

- On peut très bien imaginer le blog d'un philosophe, produisant des idées si géniales et modernes qu'il serait consulté par des milliers de personnes chaque jour, et engendrant par là même un mouvement de pensée dynamique. Encore faut-il trouver le bon philosophe !

- Mais tu confirmes alors ma crainte : blog ou livre numérique, l'auteur n'a plus besoin du libraire.

- Attends au moins pour déprimer que tous les livres existants, tout le savoir accumulé par l'intelligence humaine depuis des siècles, soient disponibles en numérique ! Pour ma part, je suis fasciné par tout ce qu'il est possible de trouver sur Internet. Et le savoir a-t-il obligatoirement besoin d'un clergé pour faire l'intermédiaire ? D'un filtre des connaissances ?

- Élitisme, nivellement par le bas, le débat n'est pas nouveau, je suis d'accord. Mais je te parle moi, tout simplement, de quelques métiers des amoureux du livre, l'éditeur,

l'imprimeur, le distributeur, le libraire, le relieur... Qui ai-je oublié ?
- L'auteur, le lecteur...
- Les humains et la toile d'araignée...

Les deux hommes éclatèrent de rire car ils savaient qu'ils ne se prenaient pas au sérieux malgré leur docte et sincère discussion sur l'avenir du livre, le meilleur ami de l'être humain.

XIX

André Ormus reçut sur son téléphone portable cette information essentielle pour la compréhension du genre humain : les mammouths n'ont pas été tués par une comète. C'était intéressant et rassurant de savoir que le ciel ne pouvait pas nous tomber sur la tête. La théorie de la comète tueuse est par conséquent inexacte.

Cette information appela le Policier à réfléchir à la formation et à l'évolution du système solaire, sujet indéniablement essentiel. Le modèle d'analyse de ce phénomène astronomique n'est pas récent puisqu'il date du XVIIIe siècle et fut développé comme concept de « nébuleuse solaire » par Emmanuel Swedenborg, Emmanuel Kant et Pierre-Simon de Laplace. Grosso modo, il y a 4,55 à 4,56 milliards d'années, le système solaire est né de l'effondrement gravitationnel d'une petite partie d'un nuage moléculaire géant. La majeure partie de la masse du nuage initial s'est tassée au centre de cette zone, formant le Soleil, alors que ses restes épars ont constitué un disque protoplanétaire sur lequel se sont formés les planètes, les lunes, les astéroïdes et les divers petits corps célestes. Ce n'était pas très compliqué à comprendre.

Quant à la Lune et la Terre, elles sont très vraisemblablement le fruit de collisions cataclysmiques. Autre précision rassurante, le système solaire n'a même pas encore atteint le milieu de son existence puisque le soleil ne se refroidira que dans 5 milliards d'années environ. Quant aux planètes qui l'entourent, elles seront détruites ou bien éjectées dans l'espace. Nous vivrons alors un schéma similaire à celui de la nébuleuse de la Lyre.

En attendant la fin du monde, le Policier s'installa tranquillement à la terrasse d'un café auscitain. Il commanda une boisson fraîche puis ouvrit le journal local ; il s'intéressa à un article sur l'histoire de la vie complexe, dont les connaissances avaient été bousculées par la découverte récente au Gabon, par une équipe internationale coordonnée par Abderrazak El Albani, chercheur d'un laboratoire de l'Université de Poitiers, de fossiles d'organismes multicellulaires datés de 2,1 milliards d'années, soit 1,5 milliard d'années plus tôt que les estimations habituelles des paléobiologistes. 250 êtres au corps mou et gélatineux, qui ne ressemblent à rien de connu jusqu'à présent.

La vie proprement dite est probablement apparue sur la planète Terre il y a 3,8 milliards d'années, mais sous une forme unicellulaire (bactéries, archée...) ; or la trouvaille africaine d'eucaryotes multicellulaires - l'ancêtre commun aux animaux, aux plantes, aux champignons et aux protistes – non seulement place le curseur de la vie complexe un demi-milliard d'années plus tôt mais laisse envisager une forme de vie différente de celle connue actuellement, et qui a disparu brutalement sans laisser de descendance. La vie est ensuite revenue un milliard et demi d'années plus tard. Pour quoi faire ?

XX

En marchant paisiblement le long d'une pousterle auscitaine, André Ormus eut soudain l'intuition rousseauiste que le genre humain avait le choix entre la robotique et la biotechnologie. L'homme et la femme allaient continuer à vider leurs cerveaux et leur conscience dans un vaste disque dur informatique universel qui prendrait un jour la direction des événements, ou bien muter génétiquement telle une brebis sophistiquée et ambitieuse. Ou bien les deux. En fait, l'intelligence humaine cherchait tout simplement à devenir plus intelligente et immortelle, en s'aidant des outils modernes dont elle disposait et en essayant de se débarrasser de son enveloppe corporelle, sa seule véritable vulnérabilité mortelle. Démarche logique et rationnelle que les philosophes, qui existaient encore, qualifiaient de « post-humanité ». Les philosophes n'étaient d'ailleurs pas d'accord entre eux, certains pensaient qu'il n'était pas possible de réduire la nature humaine à son domino génétique.

Pour sa part, André Ormus se dit que lui avait simplement envie de temps. Un siècle et plus, si possible. Comme tout le monde, il ne voulait pas mourir. Il aurait fallu qu'il puisse consulter son ADN qui, avec une exactitude de 77 %, était en mesure de lui prédire la longévité de son existence. S'il savait, que ferait-il du dernier jour de sa vie ? Il le consacrerait à une femme aimée.

XXI

André Ormus sortit satisfait de la Préfecture du Gers. Il avait assisté à un colloque passionnant sur l'activité croissante du soleil et ses conséquences dangereuses sur l'activité humaine. Et tout d'abord les satellites tournant autour de la Terre qui seront perturbés par les futures éruptions solaires. Mais pas seulement eux : les particules qui allaient naître des panaches de feu jaillissant du Soleil allaient endommager tous les équipements électroniques de la planète, les GPS, les appareils aériens, les radiocommunications... Avec des conséquences économiques vingt fois supérieures à celles causées par l'ouragan Katrina. Un problème véritable, qu'il ne fallait pas aborder avec anxiété et pessimisme ; un problème à résoudre, tout simplement. Comme le ferait un mathématicien consciencieux.

Comme il n'avait rien de particulier à faire dans l'immédiat, André Ormus décida d'aller visiter le Musée des Jacobins d'Auch, en s'aidant de l'article de wikipedia.fr ; fondé par un arrêté du Directoire du Département du Gers le 16 décembre 1793 (26 frimaire de l'an II), ce musée intéressant présentait plusieurs collections, constituées à partir de saisies révolutionnaires, et essentiellement composées à l'époque de tableaux et d'objets d'art. Les objets du musée archéologique de la Société Historique de Gascogne les complétèrent à la fin du XIXe siècle. En 1921, le musée s'enrichit de l'exceptionnelle collection latino-américaine léguée par Guillaume Pujos. La collection d'ethnographie gasconne fut ensuite créée par Henri Polge après la seconde guerre mondiale. Après plusieurs déménagements, les collections du musée furent installées en 1979 dans l'ancien Couvent des Jacobins. En 2007, le musée auscitain bénéficia de l'exceptionnel legs Lions qui a fait de lui la deuxième collection d'art précolombien de France, après le Musée du Quai Branly avec lequel il coopère.

Ce musée présente des collections permanentes très variées : antiquité égyptienne, salon XVIIIe, de nombreux vestiges archéologiques de la région Midi-Pyrénées, un fonds de peintures et sculptures d'artistes locaux (dont Antonin Carlès, Jean-Louis Rouméguère, Gabriel Lettu ou Mario Cavaglieri), une remarquable collection d'arts et traditions populaires gascons, la collection d'art précolombien et la collection très rare d'art sacré latino-américain. Parmi cette dernière, *la Messe de Saint-Grégoire*, une œuvre mexicaine, constitue un trésor des collections américanistes françaises. Daté de 1539, elle est probablement l'un des plus anciens tableaux de mosaïque de plumes conservé ; elle illustre à la fois le savoir-faire extraordinaire des artistes précolombiens et le développement d'un art colonial au XVIe siècle ; elle fut d'ailleurs présentée à l'exposition *Planète Métisse* organisée en 2008 par Serge Gruzinski au Musée du Quai Branly.

A priori, la visite de ce musée auscitain n'allait apporter aucun élément utile à l'enquête menée par André Ormus, hormis une gestion intelligente du temps qui lui restait jusqu'à la découverte de la vérité.

XXII

Ce matin-là, André Ormus se rendit à Agen, afin d'assister à des constatations judiciaires dans une maison de la rue Rouget de Lisle. L'affaire était sérieuse et troublante : un artisan qui rénovait cette demeure avait découvert un crâne humain glissé dans le mur d'une cheminée, entre des boisseaux et la hotte. Plus précisément, ce crâne était enroulé dans un linge à l'intérieur d'un haut-de-forme noir coincé dans une cavité. Le crâne a été placé sous scellés puis transféré à l'institut médico-légal de l'hôpital d'Agen, à des fins d'expertises. Le chapeau et le crâne étaient accompagnés d'une note manuscrite : « Jeanne Forgues épouse Loubatières, 9bre (abréviation de novembre) 1 867 ». Malgré cette datation, la Justice et la Police décidèrent d'ouvrir une enquête.

Quant à savoir pourquoi André Ormus avait été dépêché à Agen, c'était une autre histoire, plutôt incompréhensible à vrai dire. Il en profita pour aller saluer des amis viticulteurs qui se battaient comme des lions pour produire un bon petit vin du pays agenais puis reprit la route vers le Gers après avoir mis dans le coffre de sa voiture deux cartons de bouteilles.

C'est en arrivant à Auch qu'André Ormus reçut un message lui apprenant la mort de José Saramago, l'écrivain à la virgule. Il en fut peiné.

XXIII

Selon une étude américaine publiée dans la revue *Science*, si deux horloges atomiques d'une extrême précision sont placées à des hauteurs différentes, la plus haute avance légèrement plus vite que l'autre. Ce qui signifie que le temps s'écoule plus vite en altitude. Pour André Ormus qui venait d'effectuer un curieux voyage dans le temps, cette information scientifique avait une valeur relative mais pour autant, il ne pouvait pas négliger son importance. Les montres molles de Dali avaient signalé l'illusion du temps et pourtant tout le monde se heurtait au mur du temps, trop tôt ou trop tard, trop vite, trop lentement, variable temporelle qui ne dépendait pas uniquement de l'influence du champ de gravitation.

Quant aux conséquences de la théorie des cordes sur le principe anthropique, y penser donnait tellement le vertige qu'André Ormus avait peur au terme de sa réflexion de se transformer en Cyrano de Bergerac divaguant après sa blessure à la tête.

Mais une chose était certaine : André Ormus venait effectivement de réaliser un voyage dans le temps. A posteriori, sa réaction était contrastée : d'une part, il ne pouvait s'empêcher de trouver incroyable ce qu'il venait de vivre, d'autre part, il n'avait pas été véritablement surpris lorsqu'il était monté à bord de la machine restaurée par le scientifique auscitain ; s'il racontait cette histoire, personne ne le croirait, bien évidemment, mais le modus operandi du déplacement temporel avait eu quelque chose de familier car il ressemblait fort à ce qu'avaient pu imaginer les auteurs de science-fiction dans leurs livres et leurs films de cinéma.

A vrai dire, ce voyage dans le temps ne donnait pas une véritable impression de déplacement physique, plutôt un ensemble de visions presque hallucinogènes mais réalistes. Le pilote de l'expérience avait choisi, sans doute pour impressionner André Ormus, le territoire des Auscii, qui avaient Auch pour capitale, et étaient l'un des peuples de l'Aquitaine primitive, celle qui, avant la conquête romaine, allait de la Garonne aux Pyrénées. Les Auscii avaient pour voisins au nord, les Lactorates (Lectoure) et les Elusates, (Eauze). Les voyageurs du temps étaient passés brusquement du XXIe siècle au premier l'âge du Fer (l'époque de Hallstatt), la période des migrations celtiques en l'Aquitaine. André Ormus put voir des femmes transporter des poteries, dont furent retrouvés des siècles plus tard quelques vestiges à Roquelaure, et des hommes munis de courtes épées en fer avec une poignée à antennes droites, et de javelots faits d'une seule pièce de fer.

Le scientifique auscitain manipula légèrement les manettes de sa machine qui avait fait de lui le maître du temps, et les deux voyageurs se retrouvèrent au second Age du Fer (l'époque de la Tène), toujours sur le territoire antique de la ville d'Auch. André Ormus eu le loisir de contempler des puits funéraires, dont la pratique avait été instaurée dans toute la région auscitaine, mais aussi Vic Fezensac et Lectoure, sous l'influence des Volques Tectosages toulousains ; le Policier de la DST put même lire une inscription dédiée au dieu celte

Carpentus, qui était honoré à Auch. Puis tout s'effaça, André Ormus eut l'impression de pénétrer dans un tunnel absolument sombre, avant de se retrouver, bien assis et en parfaite santé, au point de départ de son expédition temporelle.

Ce périple lui paraissait tellement hallucinant qu'il préféra n'en garder qu'une seule interrogation : Y a-t-il un poids du passé dans la vie d'un homme ?

XXIV

D'après des expériences menées au Fermilab de Chicago par 500 physiciens de 19 pays (dont une cinquantaine de chercheurs français du Centre National de la Recherche Scientifique et du Commissariat à l'énergie atomique), à l'aide du détecteur DZero du Tevatron – l'un des collisionneur de particules les plus puissants du monde –, la réalité de l'univers est due à une courte victoire de la matière sur l'antimatière lors du Big Bang originel, il y a 13,7 milliards d'années. C'est en tout cas ce qui ressortait d'une étude proposée à la publication dans la revue *Physics Review D*. Au lieu de s'annihiler dans un éclair de lumière et d'énergie, les particules (muons) et les antiparticules (antimuons) ont entamé une sorte de bras de fer thermodynamique et les premières ont gagné, permettant de justesse à la matière d'exister. L'univers que nous connaissons a ainsi pu naître grâce à cette asymétrie dont le taux s'élève à 1 %. Selon le journaliste du *Monde* Pierre Le Hir, l'un des détecteurs de l'Organisation européenne pour la recherche nucléaire « est dédié à l'étude de l'asymétrie entre matière et antimatière. S'ils demandent à être validés par de nouvelles mesures, ils marquent, commentent les chercheurs, une "nouvelle étape vers la compréhension de la prédominance de la matière dans l'Univers", en faisant apparaître "l'existence de nouveaux phénomènes qui dépassent nos connaissances actuelles". Et qui appellent rien de moins qu'une nouvelle physique. »

André Ormus n'était absolument pas un scientifique, juste un enquêteur parfaitement basique de la DST. Pour autant, il trouvait ces sujets passionnants. L'univers le faisait rêver. Et imaginer que le soleil, la lune et toutes les étoiles n'avaient pu exister que grâce à une mesure de 1% de matière constituait un beau sujet de réflexion et d'humilité.

XXV

A l'occasion des 700 ans de l'armagnac, les érudits gersois avaient par conséquent décidé d'organiser un colloque historique à Castex d'Armagnac. L'idée était venue des archives départementales du Gers, à la suite d'une exposition qui y avait été organisée sur ce thème. Epoque romaine, chaudières du XVIIIe siècle pour la distillation et crise du phylloxéra, tous les aspects de la longue et belle histoire de ce spiritueux gascon furent abordés. Cet alcool a d'abord servi de médicament avant d'être consommé comme du vin au XVIe et XVIIe siècles (l'âge d'or de l'armagnac). Puis au XIXe siècle, l'Armagnac est devenu un digestif, car les repas étaient devenus beaucoup plus longs ; de nos jours, l'Armagnac se boit aussi bien en apéritif qu'au cours du repas ou après. La particularité de l'armagnac, eau-de-vie artisanale, est son long vieillissement et sa faculté à se marier avec d'autres produits ; par exemple, le Lyonnais Jérôme Langillier. champion du monde de la pâtisserie, a élaboré une recette originale dans laquelle l'ananas, allié à l'eau-de-vie, donne des saveurs variées avec de la crème brûlée à la vanille et un coulis d'ananas.

Le professeur Minflous, l'un des intervenants du colloque, appuya sur le bouton qui fit apparaître sur l'écran de projection la copie du texte fondateur de l'Armagnac écrit vers 1310 par Vital Dufour et récupéré dans des circonstances troubles au Vatican. En voyant l'image, il ne put s'empêcher d'avoir une pensée fugitive pour les tragiques évènements qui avaient marqué l'obtention de ce document ; puis il se laissa emporter par l'ambiance studieuse et passionnée du colloque gersois ; après tout, ce n'était pas à lui de comprendre la face cachée et violente de l'histoire secrète de l'Armagnac, mais à André Ormus, l'enquêteur pointu et spécialisé de la DST.

XXVI

Ce jour-là, les physiciens du Centre européen de recherche nucléaire annoncèrent qu'après avoir étudié les origines du cosmos, ils allaient se consacrer à l'existence de mondes parallèles, de formes inconnues de matière et de nouvelles dimensions.

Le Grand collisionneur de hadrons de Genève était un héros de roman à part entière, pensa André Ormus.

On disait souvent que l'univers du renseignement constituait un monde parallèle, mais cela n'avait rien à voir avec les perspectives de la nouvelle physique.

Au hasard de ses pérégrinations au cœur de la ville d'Auch, André Ormus décida d'entrer dans la Mairie, un monument élégant qui arborait fièrement la devise « Liberté, Egalité, Fraternité ». Il contempla quelques instants le décor puis repartit avec une petite brochure qui présentait les festivals organisés chaque année à Auch : le festival de cinéma « Indépendance(s) et Création », celui du cirque actuel CIRCA, le festival de musique classique Éclats de voix. Tous les deux ans est également organisé le Festival national du film d'animation d'Auch... Lorsque le monde réel devait trop compliqué ou fatigant à comprendre, les artistes prenaient le relais et offraient leur humanité bienveillante et soulageante. André Ormus avait réellement l'impression que sous une apparence anodine, ses investigations étaient aussi complexes et agressives que la trompette de *Miles Runs The VooDoo Down*.

XXVII

Un nouveau message sur le sémillant téléphone portable d'André Ormus annonçant que la galaxie la plus lointaine jamais observée jusqu'à ce jour avait été détectée, à travers un brouillard d'hydrogène, par une équipe européenne d'astronomes. Grâce au télescope géant de Cerro Paranal, installé au Chili, dans le désert d'Atacama, la lumière de cette galaxie a été étudiée pendant 16 heures, alors que l'univers n'avait que 600 millions d'années (son âge actuel est estimé à 15 milliards d'années environ). Cette galaxie avait été repérée en 2009 par le télescope spatial Hubble.

Quelle importance réelle avait ce type d'informations ? A vrai dire, André Ormus ne se posait même pas la question. Il trouvait l'astronomie passionnante et était friand, comme des millions d'autres personnes dans le monde, des découvertes spatiales. La tête dans les étoiles, il poursuivait son enquête complexe ; et pour l'heure, comme un vieux matou matois, il attendait, presque immobile, devant le trou de la souris. Son intuition de vieil agent secret expérimenté lui disait qu'elle allait finir par apparaître, telle la vérité surprise au fond du puits.

XXVIII

La tour des Archives archiépiscopales, dite tour d'Armagnac, construite au XIVe siècle était à l'origine une prison dépendant du palais de l'Archevêché d'Auch. Avec le temps, faute de prisonniers, elle fut utilisée pour entreposer les archives religieuses. Au XIXe siècle, la tour retrouva sa fonction première, puisqu'elle fit partie de la maison d'arrêt qui se situe actuellement place Salinis. Elle fut désaffectée définitivement dans les années 1860., lorsque les prisons auscitaines furent construites derrière le nouveau palais de justice Le donjon, haut de 40 mètres, se dresse au sommet des escaliers monumentaux dédiés au célèbre d'Artagnan.

L'esprit d'escalier et l'éternel retour... L'*Esprit de l'escalier*, ou *esprit d'escalier* est une expression française signifiant que l'on pense souvent à ce que l'on aurait pu et dû dire de plus juste, après avoir quitté ses interlocuteurs ; « l'inspiration nous vient en descendant l'escalier de la tribune », est un mot de Diderot, dans son *Paradoxe sur le comédien*. Ou bien l'écrivain qui, lorsqu'il a terminé la dernière ligne de son livre, pense déjà à tout ce qu'il a oublié de dire et qui fera, peut-être, la matière d'un nouveau roman.

Cet escalier monumental auscitain est un ouvrage d'art néoclassique qui relie la ville haute à la ville basse et qui compte 370 marches. Constituant un ensemble magnifique de la tour d'Armagnac, de la cathédrale, du palais archiépiscopal et des rives du Gers, il abrite la statue de d'Artagnan mousquetaire. Cet escalier est relativement récent : il a été achevé vers 1865. Mais sa construction a sans doute été assez hâtive. De ce fait, 150 ans après il était dans un triste état : quasiment en ruine. La ville chercha des sponsors et des aides pour assurer une réfection (coût estimé : 6 millions d'euros). Le 18 mars 2009, Franck Montaugé, maire de la commune, a taillé la première pierre, lançant officiellement la rénovation de l'édifice plus de trente années après l'ouverture du dossier par Jean Laborde. Le chantier devait durer environ 10 ans.

Lorsqu'André Ormus arriva au sommet de l'escalier, il vit une entreprise en train d'installer la flèche d'une grue pour lancer la deuxième phase de ce grand chantier auscitain, qui allait durer huit mois. Quatre semi-remorques ont apporté 80 tonnes de matériel et cinq tailleurs de pierre et ainsi que huit maçons étaient appelés à travailler sur ce site de la rénovation des marches du côté sud ; quant aux marches du côté nord, leur réfection devait débuter à l'automne de l'année suivante. Délais qui donnait une idée de l'ampleur de cette renaissance architecturale au cœur de la ville d'Auch.

XXIX

Le Très Sage, Vénérable du Chapitre « Le Mystère » à l'Orient d'Auch, clôtura les travaux de la Loge par un coup de maillet énergique puis contempla avec satisfaction l'auguste assemblée qu'il avait l'honneur et le bonheur de diriger. Il était particulièrement fier ce jour-là, car les frères chevaliers rose-croix auscitains, qui avaient pris le risque insensé et presque irrationnel, plusieurs siècles auparavant, de prolonger leur existence terrestre sous forme d'ectoplasmes, avaient gagné leur pari, de nature mystique, scientifique ou philosophique, peu importait la qualification ; ils avaient réussi à percer le secret de l'immortalité, du sens de la vie. Survolant comme des êtres invisibles depuis près de trois siècles la marche du temps présent et l'évolution du monde réel, observant sans intervenir – ou presque – le déploiement de l'amour et de la haine dans l'histoire du genre humain, les frères de la Loge « Le Mystère » n'avaient jamais perdu le cap de leur recherche fondamentale et ils avaient eu raison puisqu'enfin, lors de la Tenue qui venait de se clôturer, ils avaient compris l'essentiel. Le véritable secret alchimique. Grâce à leur ténacité et leur intelligence, les frères chevaliers rose-croix de la ville d'Auch, au cœur de la Gascogne, avaient repoussé jusqu'aux limites ultimes la pensée humaniste. Il leur appartenait maintenant de partager ce progrès immense avec tous leurs frères humains. Ce devoir charitable était déjà inscrit à l'ordre du jour de leur prochaine Tenue maçonnique.

XXX

A partir d'un certain âge, on compte les morts. André Ormus reçut sur son téléphone portable une triste nouvelle : Georges Charpak venait de décéder à Paris à l'âge de 86 ans.

Né le 8 mars 1924 dans un ghetto juif de l'est de la Pologne, Georges Charpak avait été naturalisé français en 1946.

Ancien résistant, il avait consacré ses travaux de recherche tout d'abord à la physique nucléaire, puis à la physique des particules de haute énergie. Membre de l'Académie des sciences, il avait obtenu le Prix Nobel de physique en 1992 pour l'une de ses inventions, les chambres proportionnelles utilisées en physique pour la détection des particules élémentaires ; les « chambres de Charpak » connaîtront un succès universel. D'après sa notice biographique de l'Encyclopaedia Universalis, Georges Charpak était un homme « épris de liberté, de générosité, de justice et de paix, [qui] n'hésite jamais à s'engager avec fougue et spontanéité, au risque d'être parfois taxé de naïveté, auprès de ceux qui combattent pour un monde meilleur, où l'homme puisse jouir de ses droits sans contrainte. »

Tout en songeant à Georges Charpak, André Ormus s'avança jusqu'au Cloître des Cordeliers, un splendide ensemble architectural et religieux du XIVe siècle, composé d'une salle Capitulaire et des restes du cloître. Il rejoignit ensuite la promenade Claude Desbons, sur les berges du Gers, puis marcha vers le parc arboré du Couloumé, qui comptait 420 arbres d'essences différentes sur 5 hectares.

XXXI

Ce matin-là, André Ormus se réveilla avec des pensées sentimentales raisonnables : il avait consacré la majeure partie de son existence au travail et il se dit qu'il devait maintenant songer à tomber amoureux et partager ce qui lui restait de son existence avec une compagne. Il se mit à réfléchir à toutes les femmes qu'il connaissait et se demanda laquelle pourrait le supporter durablement. La liste n'était pas immense et donjuanesque mais comptait plusieurs belles personnes à l'esprit vif et au caractère aimable, ce qui le rasséréna. Il n'eut pas le temps d'affiner son calcul mental jusqu'à définir la perle rare car un signal sonore annonça l'arrivée d'un message sur son téléphone portable. Il s'agissait d'un mail, dont le texte était le suivant : « Bonjour. J'ai piraté votre messagerie électronique et j'ai détruit tous vos messages. Non par malveillance ou méchanceté, mais parce que je veux être la seule à communiquer avec vous aujourd'hui. Vous ne me connaissez pas et pourtant vous me recherchez activement depuis plusieurs semaines. Je suis non seulement une pirate informatique, mais aussi la fameuse femme en robe rouge qui a trucidé d'un coup d'épée le moine trop curieux du Vatican. Vous êtes un bon enquêteur mais vos méthodes sont obsolètes. Je vous propose d'en terminer avec cette enquête et de me rencontrer. Dans une heure, précisément. A l'intérieur de la cathédrale d'Auch. Inutile de répondre à mon mail, je sais que vous viendrez. Je vous embrasse, mon agent secret préféré. »

La réaction d'André Ormus fut placide mais double : il ne s'étonna point de ce coup de théâtre utilisant des méthodes informatiques actuelles, mais fut légèrement vexé de l'appréciation un peu péjorative de sa correspondante sur sa méthodologie policière.

« En plus, pensa-t-il, elle dit n'importe quoi. Ma méthode est bonne puisque justement, j'ai rendez-vous avec elle. »

Le Policier avait raison de se laisser aller un peu à de l'autosatisfaction car lorsqu'il pénétra à l'intérieur de la cathédrale, la jeune femme était effectivement bien présente. Elle lui fit faire un tour de l'édifice en s'improvisant guide touristique :
- La cathédrale Sainte Marie d'Auch est célèbre pour ses vitraux réalisés par Arnaud de Moles (dont la Sybille de Tibur, qui fit l'objet d'un timbre-poste émis en 1999). Le chœur contient un ensemble de 113 stalles en chêne massif représentant plus de 1 500 personnages. Sur le chemin de Saint-Jacques-de-Compostelle, cette cathédrale donnait hospice aux pèlerins. Mais d'autres monuments auscitains témoignent de cette activité jacquaire et de la ferveur religieuse au Moyen Âge, comme l'Hôpital, le couvent qui est aujourd'hui la bibliothèque municipale, l'oratoire... Lors de l'avènement du christianisme, Auch a été logiquement érigée en évêché puis en archevêché. Elle devint alors (et reste encore aujourd'hui) une place religieuse de première importance. Comme pour souligner la place de la religion à Auch et la portée de leurs pouvoirs, les archevêques (en particulier François de Savoie) firent construire du XVe au XVIIe siècle, sur les ruines de l'ancienne cathédrale romane

incendiée, l'une des plus majestueuses cathédrales du Sud-Ouest de la France. La basilique Sainte Marie domine toujours la ville par ses proportions gigantesques. La grande qualité de la pierre calcaire d'Auch est l'un des éléments du prestige architectural de sa cathédrale. L'Archevêque d'Auch avait le titre de primat de Novempopulanie comme celui de Lyon portait le titre de primat des Gaules. Le Diocèse d'Auch hérita du titre de Métropolitain en 856, après la dévastation de la ville d'Eauze ; mais le premier évêque d'Auch apparut vers 280. La nomination des Archevêques d'Auch faisait l'objet de longues discussions entre le Roi, le Pape et les Chanoines.

Puis elle le regarda droit dans les yeux et lui demanda sur un ton malicieux :
- Vous préférez les dirigeables ou les avions ?
- Je ne comprends pas du tout le sens de votre question. Tout dépend du voyage aérien à effectuer, je suppose. Vous voulez me proposer quelque chose ?
- Mais oui, monsieur le Policier. Un voyage à Venise, cela vous tente ? Suivez-moi.

Ils sortirent ensemble de la cathédrale d'Auch. André Ormus pensa fugitivement qu'il avait sous la main la meurtrière présumée d'un moine du Vatican, et qu'au lieu de marcher avec elle, il aurait dû lui passer immédiatement les menottes pour la livrer séance tenante à la Police, la Gendarmerie et la Justice. Mais il donna la priorité à sa propre enquête et laissa faire. Ils se dirigèrent vers une petite voiture de couleur rouge, que la jeune femme démarra aussitôt.

- Nous nous rendons à l'aérodrome d'Auch-Lamothe, précisa-t-elle à son passager tout en conduisant son automobile d'une main ferme. Là, un avion privé nous attend et nous serons très rapidement à Venise.

- Mais pourquoi voulez-vous absolument m'emmener en Italie ? Je vous rappelle que vous êtes activement recherchée dans ce pays car vous êtes fortement soupçonnée d'un meurtre sauvage à l'arme blanche.

- Rome est loin de Venise, répondit-elle d'une voix enjouée. Et tout ceci n'a aucune importance.

- Tout de même, la mort d'un homme... Vous méritez d'être punie si c'est bien vous la criminelle !

- Le moine que vous évoquez était en guerre contre nous. Il a pris des risques, il a perdu la vie, un point c'est tout.

- Vous avez une vision terroriste de l'existence, s'exclama André Ormus. Votre réponse est trop facile ! Et à quoi correspond ce « nous » que vous invoquez ? Une secte sataniste, une multinationale pharmaceutique, un réseau néo-nazi, un groupuscule trotskyste, maoïste ?

- Vous n'y êtes pas du tout, monsieur l'agent secret, répondit la jeune femme en riant. Allez, soyez patient, vous aurez prochainement l'une des clefs du grand mystère que vous essayez de percer depuis quelque temps.

Un petit avion les attendait effectivement à l'aérodrome d'Auch-Lamothe. La jeune femme invita le Policier français à monter à l'intérieur :

- N'ayez crainte, aucun risque qu'un terroriste fasse exploser en vol cet appareil. Et je n'ai pas non plus l'intention de vous jeter dans les airs lorsque nous survolerons les Alpes.

- Vous êtes trop aimable de me rassurer ainsi, rétorqua André Ormus. Mais vous savez, je ne suis pas particulièrement émotif.
- Oui, oui, je sais, je connais votre dossier, vous êtes le Jack Bauer de la DST, incontrôlable, incorruptible et incorrigible !

La femme éclata de rire alors que l'avion s'arracha de la piste. Pour sa part, André Ormus était un peu étonné que cette meurtrière présumée, impliquée dans une affaire internationale aux dimensions ésotériques absconses, fît une allusion moqueuse au héros d'une série télévisée américaine.

Le reste du voyage se déroula dans le plus grand silence, chacun étant perdu dans ses pensées. Le Policier n'avait même pas pu apercevoir le pilote de l'avion, enfermé dans sa cabine. Deux heures plus tard, ils amorcèrent la descente et André Ormus put contempler par le hublot les pistes de l'Aeroporto Marco Polo, qu'il connaissait déjà car il faisait partie de la grande famille des amoureux de Venise.

L'atterrissage effectué, ils se dirigèrent vers le parking de l'aéroport vénitien, où la jeune femme avait garé un véhicule, exactement le même que celui qu'elle avait utilisé à Auch. Au moment où ils bouclèrent leurs ceintures, André Ormus se décida à questionner sa curieuse conductrice :
- Vous pouvez m'en dire un peu plus, maintenant ?
- Que vous êtes pressé ! Je pensais pourtant que la première des qualités des enquêteurs de la DST étaient une patience à toute épreuve.

- Ecoutez, cessez de faire allusion à mon employeur, alors que moi-même je ne sais pas à quelle organisation vous appartenez, et dites-moi ce que nous venons faire à Venise.
- D'accord, d'accord, mon Capitaine.

Elle démarra sa voiture puis se dirigea vers la sortie du parking de l'aérogare.

- Je crois savoir, reprit-elle, que vous avez visité la demeure gersoise de Mario Cavaglieri...
- Vous êtes bien informée, bravo. Vous avez donc piraté mon téléphone portable, je suppose, pouvant ainsi suivre la progression chaotique mais obstinée de mon enquête. Pourtant, notre système de transmissions est, normalement, parfaitement sécurisé.
- Ce n'est pas à un athée dans votre genre que je vais apprendre l'impossibilité de la perfection, répondit la jeune femme. Bref, revenons à Mario Cavaglieri, ce charmant peintre italien qui s'exila en France... Saviez-vous qu'il serait un lointain, très lointain, descendant du prophète Chymès, le père spirituel des alchimistes ?
- Nous y voilà ! pouffa André Ormus. L'alchimie, le grand tout, le chaudron de la sorcière et les Romains qui cherchent encore à découvrir la composition de la potion magique d'Obélix...
- Vous ne devriez pas vous moquer de mes propos, monsieur le Policier français. Mais peu importe : Je vous ai gentiment demandé de m'accompagner à Venise afin de vous montrer une toile du peintre Mario Cavaglieri, qui recèle une énigme symbolique ; et j'ai besoin de vos lumières pour la résoudre.

- Vous savez, répondit André Ormus, je ne suis pas un spécialiste des beaux-arts. Et puis, je suis assez sceptique sur votre histoire de mystère ésotérique dissimulé dans une peinture ; c'est un grand classique des élucubrations qui frappent les personnes perturbées dans votre style.

- Votre jugement sur ma motivation et mon équilibre mental m'indiffère et je connais parfaitement vos limites en matière d'interprétation picturale. Par contre, de par vos fonctions, vous avez un accès direct, via votre fameux téléphone portable professionnel, aux meilleurs spécialistes français en la matière. Vous allez par conséquent photographier ce tableau et envoyer en urgence une demande d'analyse ; et vous me donnerez aussitôt, bien évidemment, la réponse, qui me sera particulièrement utile pour faire progresser mes élucubrations, comme vous dites.

- Et pourquoi accepterais-je d'utiliser à votre profit mon réseau professionnel ?

- Parce que si vous n'acceptez pas, je vous tue d'un coup d'épée, comme le vieux moine poussiéreux et trop curieux du Vatican. Suis-je claire ?

- Franchement, vos menaces ne me font ni chaud ni froid. Et n'essayez pas de renverser les rôles : vous êtes soupçonnée d'assassinat et je suis Policier. Conclusion : vous n'allez pas me tuer et à un moment ou à un autre, je vais vous arrêter pour vous déférer à la Justice. En attendant, je veux bien jeter un coup d'œil à la toile de Mario Cavaglieri.

- Cela tombe bien, dit la jeune femme, nous arrivons à l'endroit où elle est exposée.

Ils se garèrent devant une vieille et splendide maison de maître.

- J'ai la clef de la maison et également le code d'accès du musée privé où se trouve la peinture de Mario Cavaglieri.

Tout en ouvrant la porte, la jeune femme demanda à André Ormus :
- Que pensez-vous de Dieu ?
- Oh, c'est une clef de voûte spirituelle qui équilibre l'incompréhension de l'infini. Une clef qui est devenue parfaitement inutile, d'ailleurs. Et qui est la cause de beaucoup de haine inutile entre les êtres humains. Pourquoi cette question ? La toile que nous allons voir est d'inspiration religieuse ?
- Elle est, disons... Apocalyptique. Du moins, je le présume. C'est justement la raison pour laquelle j'ai besoin de l'avis de vos spécialistes.

André Ormus ne put s'empêcher de sourire :
- Vous aussi, vous faites dans la fin des temps ?
- La fin des temps, cela ne signifie rien, répondit-elle. Tout cela, c'est de l'ésotérisme à quatre sous. Tout comme le rêve puéril des vieillards de devenir immortels. Devenir immortels !

Après avoir traversé un long corridor un peu sombre et aux plafonds hauts, ils s'étaient arrêtés devant une double porte verrouillée par une serrure électronique. La jeune femme à la robe rouge tapota un code sur un clavier et la porte s'ouvrit doucement. La lumière s'alluma toute seule, permettant de découvrir une classique salle de musée avec ses tableaux accrochés aux cimaises.

Contrairement à son attitude pédagogique à l'intérieur de la cathédrale d'Auch, elle ne perdit pas de temps à présenter à André Ormus la beauté des lieux, mais le conduisit directement devant la peinture qui l'intéressait particulièrement. La toile possédait effectivement le style pictural de Mario Cavaglieri, mais le thème, l'intérieur d'une sorte de temple antique décoré de quelques symboles maçonniques, était fort inhabituel et beaucoup moins léger qu'à l'accoutumée ; avec son téléphone portable, le Policier prit une photographie qu'il transmit immédiatement à sa direction parisienne, en demandant une analyse urgente du cliché.

Dans l'attente de la réponse des spécialistes, ils décidèrent de quitter la maison vénitienne et d'aller prendre un verre à la terrasse d'un troquet. La jeune femme à la robe rouge sembla se détendre un peu, comme si elle avait déjà obtenu ce qu'elle voulait ; pourtant, la réponse parisienne n'était pas encore arrivée. Ils parlaient en échangeant quelques banalités sur la beauté de Venise et une personne qui aurait surpris leur conversation banale n'aurait jamais pu imaginer la dimension incongrue de cette réunion d'une meurtrière présumée aux commanditaires mystérieux et d'un officier des services secrets français. Une seule allusion à la réalité violente de l'affaire qui les réunissait fut faite lorsqu'André Ormus interrogea la jeune femme sur ses déboires automobiles :
- C'est vous qui avez abîmé mon véhicule administratif l'autre jour ?
- Vous évoquez l'explosion de votre voiture à Lectoure ? Ah non, je n'emploie pas ce genre de méthodes brutales et primaires. Mais vous savez que votre profession quelque peu

particulière a l'inconvénient de vous occasionner des ennemis dangereux dans des milieux très divers. Par conséquent, ne focalisez pas sur moi.

- Honnêtement, le moine des Chevaliers de la Foi qui a été transpercé d'un coup d'épée au Vatican ne doit pas être totalement convaincu du caractère non brutal et primaire de vos méthodes...

- Mais pourquoi voulez-vous absolument faire de moi une meurtrière barbare ? S'exclama la jeune femme en regardant André Ormus avec des yeux parfaitement innocents.

Malgré ces prunelles candides, le Policier ne fut pas persuadé d'avoir à faire à un ange. Ils venaient tout juste de commander leur troisième tasse de chocolat chaud, comme deux touristes anodins profitant de la Piazza San Marco, que le téléphone portable d'André Ormus se mit à bipper, annonçant la réponse parisienne. La jeune femme se pencha sur l'écran comme son coéquipier de circonstance et put découvrir en même temps que lui le message envoyé : « Bonjour. Bien que portant la signature habituelle de Mario Cavaglieri, ce tableau du milieu du XXe siècle est l'œuvre d'un faussaire, cherchant à noyer dans l'abondante production de ce peintre italien, réfugié en France pour fuir le fascisme, ce qui semble bien être un message codé réservé à des milieux catholiques haut placés et intégristes évoluant au Vatican.

La représentation picturale d'un temple païen décoré de quelques symboles fondamentaux de la franc-maçonnerie constitue une attaque directe contre ce courant de pensée humaniste, et il est à noter qu'est peint, posé sur un écritoire, un document qui est la copie conforme de celui que vous nous avez déjà envoyé pour analyse il y a quelques jours ; à savoir une étude des vertus médicinales de l'Armagnac recouverte d'une croix rouge, portant à sa base le mot *mysterium* et aux trois branches horizontales et supérieures, le chiffre 6. Un autre texte, qui lui est géométriquement parfaitement parallèle dans le tableau, rédigé en vieux latin, actualise la prophétie de Daniel sur la fin des temps pour annoncer qu'une Loge maçonnique française, en Gascogne, trouvera un jour le secret de l'immortalité de l'être humain, ouvrant ainsi la porte de la mise en cause du dogme catholique de la résurrection ; cette découverte mettra en péril non seulement l'église chrétienne mais l'ensemble de l'humanité car elle génèrera des injustices parmi les hommes de la planète ainsi que la disparition rapide de repères vieux de deux mille années. Selon ce peintre, non identifié à ce jour, qui a probablement réalisé ce tableau en suivant les instructions de la haute hiérarchie papale, le genre humain est par conséquent menacé dans son essence même par la découverte que fera cette Loge maçonnique ; cette peinture apocryphe ne se contente pas d'opposer, tels le bien et le mal, le blanc et le noir, cet avertissement prophétique chrétien et le texte sur l'Armagnac marqué d'une croix maçonnique, il lance un appel à lutter immédiatement et par tous moyens contre la Loge maçonnique de Gascogne, même si aucune indication n'est donnée sur la date de l'invention de l'immortalité par les francs-maçons français.

Sous son aspect mesuré et ordonné, renforcé par le style artistique charmant de Mario Cavaglieri, cette peinture constitue une charge cléricale symbolique mais violente contre l'esprit de recherche scientifique des milieux maçonniques. Bien entendu, si nous obtenons des éléments d'analyse complémentaires, nous vous les ferons parvenir immédiatement de la façon habituelle. Bonne chance. »

La jeune femme releva les yeux, réfléchit quelques secondes à ce qu'elle venait de lire puis dit :

- Chapeau ! Votre service est à la hauteur de sa réputation.
- Bon, et maintenant, qu'attendez-vous de moi ? demanda André Ormus.
- Rien. Je vais simplement vous raccompagner à l'aéroport, je vous offre le billet d'avion en première classe pour Toulouse, via Francfort. Votre vol décolle dans une heure environ.
- Mais je commençais à m'attacher à vous ! Plus précisément, je suis censé vous livrer à mes collègues gendarmes du Vatican.
- Allons, allons, Capitaine, ce n'est pas votre style ! Et qu'avez-vous comme éléments à charge contre moi ? Le fait que je porte une robe rouge suffit à faire de moi une suspecte crédible ? Soyez raisonnable et concentrez-vous sur le cœur de cette mystérieuse affaire.
- Admettons que vous ne soyez pas la meurtrière, et qu'une étrange femme qui vous ressemble ait assassiné ce moine, tombé par hasard dans les caves du Vatican sur une reproduction de ce faux tableau de Mario Cavaglieri ; alors qu'il allait lancer une sorte de fatwa catholique contre les francs-maçons auscitains, ces derniers se protègent préventivement en envoyant une tueuse, donnant ainsi un relief criminel à la lutte antique entre la tradition cléricale et le progrès scientifique. Et pourquoi tous ces évènements maintenant ? Est-ce que par hasard, cette Loge gasconne aurait véritablement découvert le secret de l'immortalité,

risquant ainsi de bouleverser l'avenir du genre humain ? Que de questions intrigantes, d'interrogations passionnantes ! Et vous voudriez que je reprenne l'avion comme si de rien n'était ? Que je vous oublie instantanément après cette merveilleuse aventure que nous venons de partager dans la belle Venise ?

- A vrai dire, ce n'est pas mon problème ; nos relations doivent s'en tenir à un échange de bons procédés. Je vous ai donnés des renseignements, vous m'avez fourni quelques explications synthétiques intéressantes, maintenant chacun doit suivre son chemin. Capito, Capitaine ?

André Ormus décida de ne pas insister. De toute façon, son enquête lui paraissait désormais achevée et les enjeux entrevus ne constituaient pas une menace sérieuse relevant de sa spécialité professionnelle. Certes, il n'avait pas réussi à définir précisément pour qui travaillait précisément son avenante interlocutrice ; mais lui travaillait pour la France et non pour le Vatican ; par conséquent, sa mission était terminée.

XXXII

Ce matin-là, André Ormus reçut pour instruction de se rendre à Bordeaux, au chevet d'une femme hospitalisée qui avait été déclarée cliniquement morte avant de se réveiller quatorze heures plus tard, ce qui avait suscité fort légitimement un émoi considérable chez ses proches. Il prit une voiture et s'engagea tranquillement sur l'autoroute qui reliait la région Midi-Pyrénées à l'Aquitaine. Deux heures plus tard, il se garait sur le parking du centre hospitalier bordelais et après s'être renseigné à l'accueil, il se dirigea vers la chambre de la miraculée. Cette dernière accepta de s'entretenir avec lui de sa mésaventure médicale, qui certes n'était pas ordinaire mais n'offrait a priori aucun intérêt du point de vue des préoccupations particulières de la DST. Un peu dubitatif, André Ormus quitta la femme hospitalisée en la remerciant vivement et en lui souhaitant un prompt rétablissement. Alors qu'il traversait le hall de l'hôpital pour regagner la sortie, il eut la surprise de croiser une femme en blouse blanche de médecin, qui ressemblait comme deux gouttes d'eau à la mystérieuse tueuse présumée en robe rouge qui l'avait invité quelques semaines auparavant à Venise d'une façon un peu particulière. Il lui fit un signe de la main et voulut s'avancer vers elle ; mais après lui avoir adressé un joli et franc sourire, elle disparut aussitôt derrière une porte à doubles battants sur laquelle était vissée une plaque : « accès strictement interdit – réservé au personnel hospitalier ». Le Policier n'insista pas et monta dans sa voiture pour regagner paisiblement sa bonne ville de Toulouse.

XXXIII

André Ormus avait eu l'infini plaisir de recevoir une invitation à un concert de jazz à Marciac ; pour lui qui écoutait plusieurs fois par semaine Miles Davis, ce bout de carton aimable était un véritable présent ; surtout qu'il s'agissait d'aller écouter Keith Jarrett.

Avant d'assister au concert, il se mêla à la foule qui déambulait sur la place principale de Marciac ou bien écoutait joyeusement les musiciens qui se produisaient sur la scène qui avait été installée là ; il acheta deux CD à un marchand espagnol puis rejoignit comme tout le monde le chapiteau principal.

La veille, il avait lu dans le journal *Le Monde* une interview de Keith Jarrett : « J'ai compris à quel point tout est éphémère. » C'est pourquoi l'improvisation est sans doute la bonne solution. À condition d'avoir du talent et d'avoir beaucoup travaillé.

De retour à Auch, André Ormus se pencha une dernière fois sur l'histoire de sa ville de jeunesse, en allumant un ordinateur pour aller consulter l'encyclopédie du web Wikipédia. Auch... 21 704 habitants en 2007. Une superficie de 72,48 km². Altitude minimale, 115 mètres, maximale, 281 mètres. Préfecture du Gers. Auch ([ɔʃ] ou [oʃ] ; en gascon : *Aush*) est une commune française située dans le département du Gers, département appartenant à la région Midi-Pyrénées.

Le blason de la ville d'Auch est un « blason parti, au premier de gueules à l'agneau pascal d'argent, la tête contournée, portant une bannerette d'azur chargée d'une croisette aussi d'argent, à la hampe du même posée en barre, au second d'argent au lion de gueules armé de sable. »

Sous l'Ancien Régime, Auch faisait partie de la province de Gascogne dont elle était considérée comme la capitale historique. Ses habitants sont appelés les *Auscitains*. Cette ville est traversée par le Gers, rivière qui se jette dans la Garonne. Le Gers partage Auch entre la Haute-Ville, rive gauche, lieu de la cité médiévale construite sur une colline, où se trouvent la plupart des monuments anciens, et la Basse-Ville, bâtie en plaine. La Haute-Ville est reliée aux berges du Gers par des « pousterles », typiques rues étroites en escalier.

Auch possède un climat de type océanique dégradé, caractérisé par des hivers doux et humides, ainsi que des étés chauds, souvent orageux.

Le promontoire rocheux, situé au bord de la rivière Gers, fut occupé par les hommes de l'époque bien avant la conquête de la Gaule par les légions romaines (52 av. J.-C.). Auch doit son nom aux Auscii, le peuple aquitain qui occupait l'oppidum d'*Eliumberrum*. Après la guerre des Gaules, l'oppidum fut abandonné au profit de la vallée. Les Romains s'y installèrent tout en rebaptisant le site du nom d'*Augusta Auscorum* en l'honneur de l'empereur Auguste.

La ville nouvelle, située dans la « basse-ville » actuelle, devint une métropole régionale de la province romaine de

Novempopulanie. Après le sac de la ville principale de la province, Eauze, *Augusta Auscorum* devint le principal centre urbain et administratif.

Selon l'hypothèse classique et « officielle », le nom antique romanisé en *Eliumberrum* signifierait « ville neuve » par rapprochement avec *Iri+berri* en basque. Le nom des *Auscii* serait à l'origine du nom autochtone des Basques, les *Euskaldunak*, ceux qui parlent l'euskara. Cependant selon une étude récente de Michel Sauvant, ce nom comme celui d'autres cités telles *Illiberis* (Elne), *Iliberris* (Grenade en Espagne), *Ilumberri* (Lomberri en Navarre), *Ilumberris* (Lombez dans le Gers) et comme le nom d'autres lieux (Lambras, Lombers, Livron, Lombron, Luberon), ce nom signifierait plutôt « colline(s) avec des limons à ses pieds » selon des racines celtiques classiques (*lim* ou *lum* = « limons, marais » et *bre* = « colline ») qu'on peut retrouver de façon mnémonique dans l'expression, où les mots sont inversés, *barre et limons*. En effet avant d'être canalisé par l'homme, le Gers, quasi horizontal au pied de la colline, devait s'étaler en divers bras.

Pendant l'époque médiévale, Auch fut, du Xe au XIe siècles, la capitale des comtes d'Armagnac. La ville fut prise et reprise à maintes occasions et servit de décor aux querelles anecdotiques entre les pouvoirs ecclésiastiques, municipaux et seigneuriaux. Le blason de la ville révèle encore aujourd'hui la lutte entre le lion dressé rouge (blason des Armagnacs) et l'agneau (symbole des archevêques). Enfin, au XVIIIe siècle, sous Louis XV, l'intendant Antoine Mégret d'Étigny transforma la ville en lui donnant le visage que nous lui connaissons avec la construction de la plupart de ses bâtiments remarquables (hôtel de ville, hôtel d'Intendance, promenade...).

Une ville, c'est avant tout un Maire ; depuis 1977, ils sont tous socialistes : Jean Laborde, Claude Desbons, Claude Bétaille, puis Franck Montaugé, le maire actuel. La mairie d'Auch, en face de la cathédrale Sainte Marie, contient un théâtre, qui sert de salle polyvalente (cinéma, théâtre, musique...). Les balcons et les plafonds sont peints et de grands lustres y sont suspendus.

Auch a également connu une vie militaire ; les unités militaires qui ont tenu garnison à Auch sont le 88e Régiment d'Infanterie et le 9e Bataillon de Chasseurs à Pied. Avant la suppression du service militaire, la caserne d'Auch accueillait les jeunes gens de la région militaire de Toulouse pour les fameux *trois jours* de sélection.

Auch possède un club de rugby à XV qui joue à domicile dans son Stade Jacques Fouroux.

Auch est jumelée avec la ville allemande de Memmingen et les villes espagnoles de Calatayud et Cangas de Onis.

La signature de la Ville, « La Gascogne au cœur », rappelle le passé auscitain de Capitale de la Gascogne. La notion de « cœur », affirme le site Wikipédia, rappelle qu'un territoire est fait d'hommes et de femmes qui font sa richesse et qui portent son développement ; celui-ci se veut durable car venant du cœur, et donc profondément humaniste.

Ayant terminé sa lecture, André Ormus referma le navigateur internet avec un sourire puis alla consulter le dernier mémo professionnel reçu sur son téléphone portable. Il annonçait que la Chine, qui avait inventé le boulier, venait de se placer à la seconde place du « Top 500 », le classement des supercalculateurs les plus puissants de la planète, actualisé tous les six mois. *Xingyun* (« Nébuleuse »), construit par la compagnie nationale Dawning, possède une puissance effective de 1,27 pétaflop. C'est-à-dire qu'il peut effectuer 1,27 million de milliards d'opérations par seconde. Seul le « Jaguar » américain est capable de le surpasser. Cette course au calcul intensif n'était pas terminée : la génération de supercalculateurs, dans les années 2020, sera capable d'effectuer un milliard de milliards d'opérations par seconde. Et à peine quelques semaines plus tard, la Chine allait revendiquer la première place du classement mondial des superordinateurs grâce à Tianhe-1A (« voix lactée »), un superordinateur du National Center for Supercomputing, à Tianjin, dans le nord-est de la Chine : 2,507 pétaflops par seconde, soit l'équivalent de 2,5 millions de milliards d'opérations par seconde. Une puissance stupéfiante, utile pour la météorologie et la recherche médicale. Quant à la France, elle se préparait à lancer son supercalculateur pétaflopique Curie, le plus puissant d'Europe, l'un des quatre les plus puissants du monde.

André Ormus réfléchit quelques instants à tout ce qu'il avait pu découvrir lors de son enquête sur l'Armagnac et le Vatican, toutes ces interrogations humaines sur leur rapport avec la machine et le temps, puis décida de rédiger une note de synthèse sur les animations des fêtes locales dans le Gers ;

elles étaient nombreuses et variées : outre la trentaine de festivals estivaux (Jazz in Marciac, Tempo Latino, etc.), les repas, parties de pétanque ou de quilles, bal disco et vide greniers, il convenait de signaler le lancer de béret ou de pattes de poulet, la course d'escargot, le championnat du monde de palet gascon, la course d'endurance en Solex, le concours de tuteurs de grillons, celui d'épouvantails à moineaux, du meilleur cracheur de pépins et du meilleur dégustateur de melon à Lectoure, capitale du melon...

Certaines de ces animations ont disparu. D'autres existent encore. Elles participent au ré-enchantement du monde.

ooo

Éditeur :
Books on Demand GmbH,
12/14 rond-point des Champs Élysées,
75008 Paris, France
Impression :
Books on Demand GmbH, Norderstedt, Allemagne
ISBN :

9 782810 619078

Dépôt légal : mars 2011
www.bod.fr

Pierre Léoutre
122 rue nationale 32700 Lectoure
(Gers – France)
www.pierreleoutre.com